クトゥルー

深淵に魅せられし者

青心社

カバーイラスト：鷹木骰子(たかきさいこ)

アルハザードの初恋

新熊　昇

西暦六八〇年頃。

アラビア半島の南端イエメンの都サナアからやって来た、すり切れた寝袋を丸めて担いだ一人の少年がアレクサンドリアの街の市場を瞳をギラつかせながら歩いていた。

少年の名はアブドゥル・アルハザード。将来は魔法——魔導師として身を立てようと志を抱いていた。

内陸の砂漠にあるサナアと違って、ここアレクサンドリアは潮風が心地よい。

行き交う様様な肌の色、眼の色、髪の色をした人人と言葉。古来より変らず「無いものは無い」と称される数多の交易品の数数。香辛料や果物の香りが漂う……。

だが数十年前、イスラムのアムル・アル＝アース将軍によって征服されてからは、ひしめくようにあったエジプトや諸外国の神神の像や魔神たちの像はことごとく打ち壊されて、どこをとっても画一的な街並になってしまっていた。

中東に於いて、イスラムは趨勢となったのだ。

あの素晴らしかったと伝えられる伝説の図書館もいまは無い。ただ、大灯台だけが昔と同じように紺碧の地中海を睥睨(へいげい)している……。

アルハザード少年は表通りからどんどんと奥まった、場末の迷宮のように入り組んだ裏通りのさらに路地裏に向かっていた。

視線の先には一軒の小さな古書店があり、思わず生唾を飲み込む。

(風の噂と暗記した地図は間違っていなかった!)

歩みと心臓の鼓動が心なしか速くなる。

古書店の店先には、コーランやイスラム教の神学書だけが飾られていた。

アブドゥル少年はそれらには一瞥(いちべつ)もせず店内に進んだ。

黴(かび)と乳香の匂いが出迎える。

「小僧、客か?　金は持っているのだろうな?」

ベドウィンのように顔を黒いヴェールで覆った店主は、客が旅装束の少年で、まっしぐらに「写本・翻訳者募集」の掲示板の前に立ったのを見て、少し目尻をしかめた。

大小様様、色んなインクと筆跡で書かれた募集要項のほぼ全てが、イスラム教関係の書籍の写本や翻訳の依頼ばかりだった。

彼は恐る恐るひょろっとした腕と指を伸ばして、何故か重なってピンで止められている一枚目の紙を次次にめくってみた。

それら下に重ねて貼ってあったのは――

アラビア語ではない、ギリシア語やラテン語でもない、古代エジプトの象形文字ですらない、判じ物のような奇妙な文字——記号の列だった。

「困るな、勝手に触っ……」

と言いかけた店主が言葉を飲み込んだ。

「ふーん、アクロ語やイスの文字、古きものの文字、ツァス＝ヨ語、ルルイエ語からのアラビア語、ラテン語などへの翻訳依頼か。報酬も桁外れだ」

「小僧、分るのか？」

店主の口調がややおどおどしたものに変った
「写させてもらうだけでも金貨を袋で払わないといけないのだろうな。ましてや買い取るとなると、王侯貴族や大金持ちでない限り……」

「小僧、多少なりとも分るのなら……報酬は熟練の大人と同じ額を払ってやるぞ」

「もちろんそのつもりでアラビアの砂漠の南の果てからやって来たんだ。船には乗らずに。徒歩の旅と読書は何より自分の勉強にもなるからね」

とそこへ、店先に立派な馬を飛ばして人品卑しからぬ一人の男がやってきた。

男は何度も馬を繋ぎ直し、一巻の巻本を携えてあたふたと店内に入ってきた。絹に金糸で刺繍した服を着ており、従者を一人も連れていないのが妙だった。

「すまぬ。この巻本を引き取ってくれ！　——いや、返金はびた一文要らぬ。ただ引き取ってくれさえすればそれでいいんだ。お願いだ！　頼むから……」

アルハザード少年は身をかわしつつ、巻本のタイトルをチラリと読みとった。そこにはラテン語で、

『ネフレン＝カ　背教者の栄光』

と書かれていた。

男は巻本を店主の胸に叩きつけるようにして返し、後じさりした。

「あんた、よもや中の呪文を声に出して読み上げてみたのではあるまいな？　それは絶対にしてはならぬと固く申し渡したはずだぞ。また『いかなる理由があっても返品はしない』ことを条件に売ったはずでは」

店主の声は震えていた。

「確かに返したぞ！　重ねて言うが返金の必要はない！　二度とこの店に来ないことも確約する！」

踵(きびす)を返した男は鐙(あぶみ)に足を掛けようとして落馬し、二三度痙攣(けいれん)してそのまま動かなくなった。

通行人たちから悲鳴が上がった。

アブドゥル少年と店主が行くと、男の顔には不気味な死斑が浮び、唇からは血の泡を吹いて事切(こと き)れていた。

「うわっ！」

店主が慌てて放り投げた巻本をアルハザード少年は片手で受け止めた。

「この巻本、おいらがタダで処分しておいてやるよ。あんたじゃ持て余してるみたいだし、代金はこの人が支払い済みで、あんたに損はないんだろう？」

「持って行け！　そして再び現れるな！」

叫びながら店主はヴェールをめくり上げて手鏡で己の顔を見つめていた。

アブドゥル少年は巻本をぞんざいな手つきで麻袋に入れ、悠悠と立ち去った。


彼は一番最初に通りがかったカフェテリアの、客がまばらなあたりのテーブルにつき、珈琲を注文するのもそこそこに『ネフレン＝カ　背教者の栄光』の巻本を紐解こうとした。

（『背教者ネフレンの怨霊の栄光』か……　なかなかそそるタイトルじゃないか…）

『開くな』

どこかから嗄(しわが)れた無愛想な声のようなものが聞こえた。

真の魔導書にはよくあることだ。

アルハザード少年は頓着せず、ぞんざいな手つきで端を持って巻き取りながら読もうとした。

『開くな。二度と後戻りは出来ぬぞ。分っているのか？』

再び声のようなものが聞こえた。

彼は無視した。

手にしている『ネフレン＝カ　背教者の栄光』は後世の写本のうちの一部らしかったが、言語はいまの言葉に翻訳はされておらず、古代エジプトの神官の神聖文字を崩したような、暗号に近いもので書き記されていた。

『余は第三王朝の王、ネフレン＝カである。正統王家の血筋は引いておらぬが王であり、大神官であり、魔導師である。

世間の者、また後世の者からは言うに耐えぬ扱いを受けるであろうこととは思うが、余は確かに生きて存在した。

そのおそらくは唯一の証拠として、余の愛娘の一人にして最も魔力に秀でた助手のネフティスに命じて遺させるものなり。

余人は皆、余のことを数多の凄惨で血生臭い生贄の儀式を繰り返し、口にするのもおぞましい太古の古き神神――クトゥルーやハスター、ナイアーラトテップやアザトースら――を崇め奉るべく異世界よりの召喚を試みた者として、この地エジプトに古来より在る伝統的な神神を放逐せんとした者として、恨み骨髄に達していることであろう。

余は多くの臣下臣民に対し、痛みと苦しみを与えた。

それらは旧き支配者の、ナイアーラトテップを呼び出さんがためである。彼の神の為ならば、十万や百万の人の命の価値も、羊はおろか虫けら以下である。

だが、愚か者どもにそのことを説いても無駄であった。

我が有能なる助手、表向きは女神ハトホル神殿の巫女で娘のネフティスさえ、懐疑を抱いていた節があるくらいである。

無念にも余は王位を追われ、余が幻視によれば何処かの神殿の地下深くにて没する事となるであろう。ナイアーラトテップに近づいたしるし、輝くトラペゾヘドロンなどと共に……』

そのあとには、旧き支配者に関する儀式の行い方や呪文（一見して不完全な）が延延と綴られていた。

『真の目的の為以外は、決して試しや戯れに声に出してはならぬ』

そのことは魔導師には常識であり、アブドゥル少年もよくよく知っていたことではあったが、邪神召喚への執念や、その元となる破壊と殺戮、破滅への願望が余りにも凄まじく、気が付くと思わず声に出して呟いてしまっていた。

（いや、仮に正統王家の継承者として生まれついていたとしても、それは駄目だろう）と思いつつ……。

すると途端に、少し離れていたテーブルの客たちが胸や喉を掻きむしり始めた。

近くを歩いていた通行人たちが、目眩がしたかのように道に跪いて倒れた。

ハッと我に返ったアルハザード少年は慌てて『ネフレン=カ　背教者の栄光』をひったくり、巻き戻すのもそこそこに抱えるようにして走り去った。

逃げながら彼は、ネフレン=カ王のことに思いを馳せた。

（カイロ辺りの埋もれた地下神殿を探せば、王の遺骸に会えるかもしれない。だがしかし、仮にも一時、王の地位にあった者が、身分の卑しい、どこの馬の骨とも分らない、魔導師としてもエイボンやザントゥー、ズカウバらとは違って、全く無名の餓鬼の話に耳を傾けてくれるとはとても思えない。

古代エジプトでは、身分の低い者から高い者に話しかけるのは御法度だった、ということを何かで読んだこともある。

一体何様のつもりだ。……ああ、王様だったな。

そもそも、その地下神殿がカイロのどこにあるのか見当もつかないし……）

無我夢中でどれくらい走ったことだろう。

相手が山賊や官憲ならしばし効く催眠術が使えるが、久しぶりのことで息が切れた。

気が付くと海岸の堤にいて、陽は地中海の西、朧（おぼろ）に霞（かす）むクレタ島の方向に沈み掛けていた。

アブドゥル少年は堤の白い漆喰（しっくい）の上に『ネフレン＝カ　背教者の栄光』をいま一度広げて見た。

すでに読み進めた前半は読み返さなかった。

彼は自信家だったが、再読すると今度は何が起きるか分らないと考えたからだ。

しかし先を読むことを止めて、巻本を海中に投げ捨てて魚の餌にしてしまう気も起きなかった。

（もったいなさ過ぎる）

アルハザード少年は痛切に思った。

彼は慎重に読み進めた。

すると、ネフレン＝カ王が崇め力を得ようとしていた古代エジプトの神神よりもずっと旧い神神のことや召喚の方法が、研究途上で不完全ながら、こと細かく記されていた。

（これだ！　これこそがおいらが望み、探し求めていたことだ。アレクサンドリアに着いたその日にこれほどまでの著作を、しかも身銭を切らず、大した手間もかけることなく手に入れられるなんて、なんてツイているのだろう！　今夜は灯のあるところでじっくり読むこととしよう！）

その夜は幸い、月明かり、星明かりがあった。灯台の仄明るい篝火もある。そして時時不吉な兆しを感じさせる大きく明るい流星が星星の間を切り裂いた。

波は穏やかで、静かでさえあった。

ネフレン＝カによる著作は巻本の前半だけだった。

後半は、背教者の王が語ったとされる本文を速記し、推敲して清書したと思われる実際の記録者の解説だった。

（このように太古の邪神たちを熱く語った名著の解説など、さぞかしつまらぬ蛇足であろう）

多少落胆しかけたアブドゥル少年だったが、読み始めてすぐにたちまちその考えを改めざるを得なかった。

語り手の著者を上回って余りある記憶力と博識と洞察。

痒いところに手が届く厖大な脚注の数数……。まるで第三王朝の興亡やピラミッドの建設を克明に記録した書記マネトのようだった。

（この解説者は一体誰だろう？　ネフレン＝カが冒頭で述べていた娘のネフティスだろうか？

有名なハトシェプストやクレオパトラといった女王たちの彫像や肖像画が思い浮かんだ。

案の定、跋文には「邪教に毒された背教者」として政変を起され、ナイルの河口カイロを経由して落ち延びようと試みたものの、そこの地下神殿で生き埋めにされて討たれた父ネフレン＝カとはわざと同道せず、ナイルの上流の密林、アブ＝シンベルやさらにその先のヌビアやエチオピアに向かうことが仄めかされてあった。

違う方向に向かうことは、父の命令だったのか、ネフティス自身の判断だったのか、そこまでは分らない……。

アブドゥル少年はヌビアの大密林の漆黒の肌の人人が棲むところ。鬱蒼とした森や林の一角の岩山、蔦で幾重にも覆い隠された岩穴の冷ややかな洞窟。

迷路のように枝分かれしたその先の玄室の石の棺の中で、宇宙・世界の各地に封印された邪神たちのように、自らを固く封印し、甦る時を待っている……。

場所自体や洞窟の地図らしきものも極めて曖昧(あいまい)ではあるものの記されていた。

ヌビアの僻地(へきち)で第三王朝の王女の木乃伊(ミイラ)などを発見した……ということはまだ誰も発表していない……。

(訪れてみるか……)

もしも最初の発見者になれば、魔導師として限りない富と名誉を得ることになるだろう。

すでに盗掘者たちに発掘されて、荒されて何も無くなっていることもあり得る。

数数の罠や仕掛け、艱難辛苦(かんなんしんく)が待ち受けていることは想像に難くない。

アルハザード少年は夜空を見上げて、いま一度考えた。


翌朝、彼が向かった先は、新しい寝袋や旅装束を扱う店ではなく、昨日訪れた裏町の路地の奥にある魔導書古書店だった。

「何だ小僧、『二度と来ない』と言っていたのではなかったか？　まさかあの巻本を返しに来たのではあるまいな？　返品は受け付けぬぞ！」

店主はヴェールを振るわせながら嗄れた声て言った。

「この本、昨夜読み終えたよ。とても面白く、興味深かった。文字通り『巻を置くいとまもない』とはこのような本のことを言うのだろうな」

アルハザードは右手に巻本を持ち、大袈裟に両手を広げて語りだした。

「小僧、あの本を最後まで読んで何ともないのか？」

「おいらも魔導師の端くれだからね。多少の浄化や治癒の術・呪文は知っているさ」

巻本で左手をポンポンと叩きながらゆっくりと――小さく二歩進んだ。長衣の裾の中で足指を使い、じりじりと左足を一足長だけ前に進める。上体は動かさない。

「この店にまだ何か用か？」

「大ありさ。例えば――」

不意に巻本を店主に放り投げた。両者の視線を遮った瞬間、銀光一閃。いや闇も一閃した。

少年は腰の偃月短刀を抜き打ちにした。その刃は罌粟粒のような黒い瘴気を纏っており、店主の顔面をヴェールごと両断した。切り裂かれた布が腐臭を上げながら左右に崩れ散る。その下の老人の仮面も寛衣も真っ二つに割れてゆっくりと床に落ちた。

かわせるはずの斬撃を受けたのは、決して速いとは言えない動きと踏み込みの間合いが微妙にずれていたからだ。少年の足さばきの動きが読めず、巻本をわざとぞんざいに扱っていたのは足元から注意を逸らす為だったと分った店主は（食えぬ奴め）と歯ぎしりした。

――そして寛衣の下から現れたのは――

浅黒い肌をし、古代の髪型に眉墨を眉の回りに描いた、それこそピラミッドの壁画から抜け出たような十代の巫女だった。

「おのれ！」

店主の声が年老いた男のものから濁りながら若い女性のものに変る——

「何故分った？」

少女は柄に宝石を飾った短剣を逆手に構えつつ飛び退いて距離を取った。

「おっと、剣で戦う趣味はないんだ」

少年は偃月短刀をクルクルと回転させて腰の鞘に収めた。

「おいらはアブドゥル・アルハザード。アラビアはイエメンのサナア生まれの魔導師志望者さ。貴女(あなた)は？」

「妾(わらわ)はネフティス。王、ネフレン＝カの王女にして、『背教者の栄光』を纏(まと)めた者じゃ！」

「なかなかの名著だよ。密かに探し求めている者も少なからずいるようだな」

「ふん、彼奴らはどれもこれも同じよ。それにしても何故それを携えてヌビアの密林に赴(おもむ)かなかったのだ？」

少女は濃い眉を吊り上げ声を震わせて問うた。

「おいらは偏屈で天邪鬼(あまのじゃく)でね。難しい言葉でなんて言うんだったけな……そうそう『狷介(けんかい)』、狷介なんだ」

「問いに答えよ！　我が命がきけぬか！」

「……ああそれ、いくら『呪われた本』だったとしても、高価な稀覯本(きこうぼん)を黙って持って帰らせる。まるで『呪われて死ね』あるいは『巻末に書かれた宝のある場所に行ってみろ』と言わんばかりに……。

……普通書くか？　己が安らかな永劫の眠りに就いている場所を？　易易と売ったり持って帰らせたりするか？」

「ほう、喜んでヌビアの僻地にのこのこと出かけたか、死んだかと思っていたのに、その程度は知恵が回りおるか！　少しは見所はありそうだな。どうだ？」

ネフティスが古書店店主の衣装をかなぐり捨てると、その下は女神の神殿の巫女に相応しい、純白の麻の衣だった。

「貴女は『ネフレン＝カ　背教者の栄光』の写本をばら撒いて、引っかかっても無事――と言うか大丈夫な魔導師が現れるのを待っていたんだ。おそらくは世界じゅうの古代の魔法都市を転転としてね」

「そこまで察しているのなら話は早い」

ネフティスがパチリと指を鳴らすと、商談用の紫檀のテーブルに、唐の青磁のカップに満たされた薫り高いアラビア珈琲が現れた。

「くるしゅうない、飲むがよい。毒など入っておらぬぞ。

……お主の言う通り、妾は世界中を旅して我が思いに叶う魔導師を探し求めてきた。

ニネヴェ、バビロン、エルサレム、ペルセポリス、イスファファン、バールベク、ガザやアシドド、カルタゴ、ロードス島をはじめとする地中海の島島……

だが、我が望みに賛同して望みを叶えてくれようとする者は一人として現れなかった。

三千年間、ただの一人もじゃぞ！」

「そりゃそうだろうさ」

アルハザード少年は脚を組んで席に着き、珈琲を啜った。

「……まぁまぁだな。身分が高そうな割りには珈琲を淹れるのが上手いな。どこかで花嫁修業でもしたのかな？」

アブドゥル少年は思わず目を丸くして言った。

「……一つ、人には良心というものがあるんだ。貴賤や腕の立つ立たぬに関わらず、だ。良心を持つ者は、己の生まれ育った世界に根ざす神や神神以外のものを崇め信仰しようとはしない。それは『根底を覆す』考えだからだ。

九割九分の者は、世の平和と安寧を願って日日を送っている。残り一分の者で、世界を転覆させたいと思う者があったとしても、実現させ得る『力』を持った者、例えばムー帝国のザントゥーなど千万、億万人に一人くらいしかいない。つまり『事実上いない』……」

「我が父上ネフレン＝カは新しき世界を夢見たものの旧勢力、抵抗勢力の者共によって討たれた。

権力争いの常とは言え、妾は父が不憫でならぬ。願わくば、終焉の地とされるカイロの地下神殿を訪れて、花の一輪でも供え、香を焚いてやりたい。

どうじゃアルハザードよ、妾の弔い(とむらい)の旅に同行せよ。必ずやそなたにとっても良い経験となろうぞ。

輝くトラペゾヘドロンなど、父が手に入れたとされる遺産が未だに骸(むくろ)とともにあるとすれば、それらは全てお主にくれてやるぞ！」

「本当に全部くれるのか？」

「ああ、くれてやる！」

「それならおいらも吝(やぶさ)かではないぜ。どうせこれと言った大きな目的のない、無名の魔導師の気楽な修行の旅の途中なんだ。危ない橋は渡り慣れているし、もしも何事かを成し遂げられたら、それなりに名も上がるかもしれない……」

「うむ、礼を言うぞ。では早速――」

ネフティスは褐色の頬を紅潮させた。

「でもその前に一つだけ……」

少年は唐の青磁の珈琲茶碗を銀の匙で叩いた。

「ヌビアの密林の奥地にあると言う、ネフティス……貴女が安らかな眠りに就いていると言う神殿を訪れてみたい」

「莫迦な！　それは妾が盗掘者や『力無き者』を葬り去るために出鱈目(でたらめ)に書いたことぞ！　行ったところで何もない。もし実在したとしても、罠だらけの場所であるはずじゃ！」

「だからこそ、一度我と我が目で確かめておいてみたいのさ。言っただろう？　おいらは偏屈で天邪鬼なんだ。もしかしたら『ネフレン＝カ　背教者の栄光』の原本――最初の一冊あたりが眠っているのかもしれない……」

「いや、原本を書いたのは妾――いや、父ネフレン＝カによって書かされたのじゃ。妾も人並みに世の安寧と平和を願っていた。父がどこでどのようにして知り得たのか、あのようなおぞましい神神を崇めるに至らなければ王族として平凡な人生を全うしたはずだったのじゃ。故に、そのようなところにそのような書や物はない」

「断言できるのか？」

「そこまで言うのなら……」　ネフティスは心持ち肩を落した。「――やむを得んな。魔法を使えば移動は一瞬のことであろうし。実は妾も……」

「『実は』？」

「三千年前に起きたこと、起きたであろうことに対して懐疑的なのじゃ……」

数分後、二人はヌビアの岩山の、蔦で覆われた崖の麓に降り立っていた。

「やれやれ。妾の移動術もなまっていないようで良かった」

「あの巻本の跋文の地図は、あながち根も葉もないものではなかったみたいだね。まぁ、普通に罠だとしても、それなりに体裁というものがあるだろうしね……」

アブドゥル少年は蔦の合間に馬車が通れるくらいにくりぬかれた入口の穴を見つけて言った。

「――あそこがパルミラへの入口ということかな？」

「すると、妾はゼノビア女王という役どころじゃな」

微かに虫の羽根がこすれるような『テケリ・リ　テケリ・リ　テケリ・リ』という音が聞こえる。

「面倒だな。いきなりだけれど、奥まで焼き払おうかな」

「待て、この入口の風景、妾には朧気に見覚えがあるような気がするぞよ」

「それは掃除をしてから思い出してもらう事にしよう。……あの巻本の中にあった呪文、もう幾つか使えるぜ！　――クトゥグアの炎よ、行く手を遮るものをことごとく焼き払え！　ふんぐるい　むぐるうなふ　くとぅぐあ　ふぉまるはうと　んがあ・ぐあ　なふるたぐん　いあ！　くとぅぐあ」

少年は指先から火力を控えめにした炎を放った。それでも相当な高温なのだろう、床を舐めつくすとすぐに壁から天井まで覆い、瞬く間に蔦も草も焼き尽くしてしまった。炎が消え去り輻射熱がおさまると、等間隔で並んだ壁龕に灯火が灯った石畳の通路が現れた。

ところどころに髑髏や骸骨、その他訳の分らぬ異様な生物たちの骨が散乱している。

アルハザード少年は一向に怖じ気づくでなく、一瞥しただけで踏み砕きながらネフティスを従えて先へと進んだ。

『テケリ・リ　テケリ・リ　テケリ・リ』の音が次第に大きくなってきた。

「またおいらがやるよ。王女様は後ろで珈琲の続きでも啜ってな」

「無礼な！」

「貴女じゃこいつらの相手は無理だ」

「何を言うか！　今度は妾がやる！」

行く手の石畳には、びっしりと不定形の原形質のものたちが埋め尽くし天井に届いたり壁を覆って蠢（うごめ）いていた。

ネフティスは、ゆっくりと印を切って、同じ呪文を唱えた。

彼女の身長を超える程に巨大な炎は渦を巻き、石さえも焼き払うかと思えるほどの熱波を撒き散らした。伸び縮みしながら逃げようとする不定形をした原形質——ショゴス——の大群を背後から覆い尽くし、数舜で芯まで炭化させ塵と化さしめた。

「王女様、口先だけじゃないんだ……」

アルハザード少年は目を細めた。

「ちとやり過ぎたか。後で面倒な事になるかもしれぬが、大したことはあるまいて」

洞窟の迷路は至るところで無数の脇道に分かれていた。

「やれやれ、『背教者の栄光』の跋文の地図にもそんなに詳しくは書かれていなかったな……」

「待て。やはり……覚えがあるぞ！　これは……」

ネフティスは先に立ってどんどんと進んだ。

「やはり全てが出鱈目だった、ということはないようだな。……ということは、裏世界に流通しているであろう『ネフレン＝カ　背教者の栄光』を読んで訪れる気になった者たちは少なからず命を落したことだろうな。なにしろ何割かは知らず、真実味があるのだからな。『あと少し、あと少しで』という思いに囚われて、実力以上に深入りした者もあったはずだ。そう言うおいらたちも深入りしている訳だけど……」

やがて二人は、玄室らしい広い部屋に入った。通常の王侯貴族の玄室と異なるのは、中央に台があって柩が置かれているのではなく、壁沿いに同じ大きさの柩が十数個、ほぼ等間隔に立てかけられていた。

くすんだ壁画に描かれているのは古代エジプトの神神ではなくて、蛸の頭に無数の触手を生やし、蝙蝠（こうもり）に似た羽根を持ったものや、無数の黒い子山羊のようなものたちを連れた親山羊のようなもの、ヒアデス星団の星座を背景に描かれた名状しがたいもの、南の魚座を背景に描かれた巨大な球体。寄り添うように描かれた星はフォマルハウトか。星の闇に居座る巨大な球形のようなもの、あるいは蝦蟇（がま）に似たものなど、異様な者たちばかりだった。

柩のほとんどは蓋が投げ捨てられていた。

その全てが麻の繊維と漆喰を練り合わせて成形した中流階級用のもので、上流・貴族——ましてや王族に必ず遣われるレバノン杉で作られたものは一つも無かった。

中の木乃伊は、保存に失敗したか何かで、多くが朽ち果てて崩れ、手足や首が不自然にもげて散乱していた。

かろうじて顔の部分を覆っていたマスクのうち原型を留めているものを眺めてみると、いま此処にいる巫女の少女ネフティスの面影があった。

「どうやら、この世に唯一、と言うことはないのは『ネフレン=カ　背教者の栄光』の写本だけではないようだな」

アブドゥル少年がネフティスに目をやると、彼女は凍り付いたような無表情で、自らの姉妹たちとも言える散乱した骸の数数を見渡していた。

そのうちの一体、かろうじて原型を留めていた者が、僅かにひび割れた唇を動かした。

「タ・ス・ケ・テ」

声はそれきり途切れたが、足首を掴まれた感触がした。反射的に振りほどくと、別の一体が生気のない眼で見あげていた。

「クッ！　しかしどうやら『ネフティス』貴女が『最後の一人』で間違いないようだな」

少年はチラリと見渡し柩と骸の頭部の数を数えて比べた。

「妾が……最後の一人。……ということは、もしも妾が絶えると、ネフレンの血統は完全に絶えるということか……」

「もともとネフレン=カの血統は三千年前に絶えていたのさ。加えて貴女が実際にネフレン=

カの血を引いているかどうかも疑わしいけれど」

ネフティスは一瞬だけ瞳を潤ませ、ただの一人の少女に戻った。

「……しかし貴女の父を思う気持ちは人としてのものだろう。実の父であろうと、育ての父であろうと」

微かにゴゴゴゴ……と地鳴りの音が響いた。

地鳴りは次第に大きくなり、縦横の揺れが感じられるようになり、オシリスとその世界が描いてあったと思われるくすんだ天井から小石や砂が落ちてきた。

「おっと、面倒な心配事が的中してしまったようだな」

ふと見ると、ネフティスがまだ呆然と佇み続けている――

「何をしている！　早くずらからないと！」

ネフティスはそれでも凍り付いたように動かない。

「おい、あんたが連れてきたんだろうが！　だったらちゃんと連れて帰れよ！」

ネフティスの瞳は虚ろと化していた。

「あんたが本当に王女だと言うのなら！　生まれがどうあろうと王女を名乗るなら！　何とかして見せろ！」

ネフティスはようやくキッと眦を決した。

それからアルハザード少年が聞いたことのない言葉で短い呪文を唱えた。

次の瞬間、二人は岩壁を臨む最初の到着地点に立っていた。

岩壁には無数の亀裂か走り、さらなる地鳴りと揺れとともに崩れ始めた。

「やれば出来るじゃないか、王女様。父ネフレン=カの弔いも一人でやってのけられるんじゃないか？」

「妾の姉妹たちを救うことができなかった……」

「あの様子では外に持って出ることは不可能だった」

「そんなことはない！　もっと魔力の高い魔導師だったさ」

「かもしれないが、先先、自らを含めて世界の全てを滅ぼしかねないようなことは、まともな者なら誰もやらないさ！」

草木や蔦を巻き込み、土砂の山と化した岩山を眺めながら、アブドゥル少年はポツリと言った。

「で、そなたどうするのじゃアルハザードよ。

まとも故、ここで引き返すのか？　それともまともでなき故、妾とともに先に進んでくれるのか？」

少年はしばし玩具屋の店先で佇む子供のように悩んでいた。

「……おいらはまともじゃないような気がする。自分で自分が制し難い気がしてならないんだ」

「意地を張ることはないのじゃぞ。妾とて嫌がる者を無理矢理引き込むことは本意ではない。妾は王女じゃが、そなたは妾たちの臣下ではない。もとよりネフレン゠カの一統に連なる者でもない。エジプト人ですらない……」

　ふと気が付くと、ネフティスはアルハザード少年の前から消えていた。

「ネフティス、どこだ？　どこへ行ったんだ？」

　ただ一人、ヌビアの密林の奥地に取り残されたアブドゥル少年は、声の限りに呼びかけてみたものの、自らの木霊が空しく響きかえしてくるだけだった。

（もういいいいか。彼女には彼女の人生があるんだ。本来なら三千年前に終わっていたはずの人生が……。おいらにはおいらの人生があるんだ。彼女とは違って『これから』の……。

　古のハイパーポリアのエイボンや、ムー帝国のザントゥーや、ヤディス星のズカウバのように『全ての世界を、全宇宙を震撼させ、滅亡させることも出来る、真に恐るべき、邪悪な神神すら己の意の如く操れる、歴史に燦然と名を留める魔導師になるという夢もある。

　三千年前に消え去った、王名表や史書からも完全に抹消された王ネフレン゠カの娘にして王女に一体何の、どんな意味がある？

　いましがた、彼女の姉妹たちの末路を目の当たりにしたばかりじゃないか？

　彼女も同じ運命を辿っているべきだったんだ。三千年前に！

　とにかくいったん引揚げるとするか。帰るための魔力が残っていて良かったぜ。王女さまのお陰だ！）

アブドゥル少年はとりあえずアレクサンドリアの場末の迷宮のように入り組んだ裏通りのさらに路地裏にあった古書店の前に戻ってみた。

そこでは、組み合わされた薪の上に店内にあったと思われるすべての巻本や綴じ本が山のように積み上げられ、油を掛けられて燃やされている最中だった。

イスラム教の高僧たちが、

「真なるもの来たり、偽りなるもの去る」

と、コーランの一節とともに至高の唯一神アッラーと偉大なる預言者ムハンマドを称える文言を繰り返し、集まった人人が唱和していた。

炎は高く立ち上り、灰は舞い上がり、集められた魔導書は次次と頁をめくれあがせながら灰燼に帰した。

（あれらの万巻の書のどこかには、まだ見たことのない貴重な文献が山ほどあったろうに……その価値も分からん輩の手で灰になってしまったか。くそ！）

アルハザード少年はしばらく冷ややかな眼差しでその様子を眺めていたが、やがて踵を返してその場から立ち去りかけた。

と、野次馬たちのうちの一人がアルハザード少年に気が付き、指さして叫んだ。

「おっ、あの餓鬼、見覚えがあるぞ！　確かここにあった店の客で、先日、貴族様が店先で変死した時に居合わせて、貴族様の巻本を持ち帰った奴だ！」

「何だって！　で、ピンピンしているということは、邪教の魔導師か何かか？」

「捕まえろ！」

「捕まえて斬首の上、火葬で浄化だ！」

「永遠に復活できぬように灰にしてしまえ！」

石つぶてが飛んできて、何人かが飛びかかってきた。

アブドゥル少年は走りながら猫に姿を変えた。

「気を付けろ！　やっぱり魔導師だ！」

「妖術も使うぞ！」

物陰に隠れてようやく一息ついた。

(もはや、この世界の何処にも彼女の安住の場所は無い。深紅の砂漠か氷原の果てならば……。いや、そこにさえ、もう居場所はないかもしれない……もしかしたら、たったいま永遠の無に帰した、書のどこかには、触れてはならないことに触れた箇所があったかもしれない。そこには、ネフティスと自分の『居場所』が記されていたかもしれない……)

彼女のあとを追うつもりはなかった。

（ネフティスはネフティス、おいらはおいらのはずだ。たとえ追い求めているものが同じだとしても、考えも違えば方法も違うことだろう……

クーデターを起こしてネフレン＝カ王を追い落とした古代エジプトで連綿と続いていた神神の神官たち……。

三千年の時をはさんで、いまや世界の三分の一を治めるに至ったイスラム教の国国……。

正統のもとにあって、異端はどこまでも異端でしかない。

だが、アルハザード少年には抗いがたい魅力を感じていた。

（おそらく古のエイボンやザントゥーやズカウバたちも感じて、取り憑かれていたであろう魅力のはずだ。もしかしたらこの世界そのものを逆転できるであろうかもしれない魅力――『力』であるはずだ。

それを、たった一人で究め、魔術の歴史に良くも悪くも名を刻み遺した彼等は偉大という他はない。だけど……）

『……望みを共にする仲間が欲しい！　友が欲しい！　いや、友以上の存在が欲しい！』

彼は初めて、カエサルやアントニウスがクレオパトラを愛した理由が分ったような気がした。

実力という点ではポンヘイウスやクラッススのほうが遥かに上だったかもしれない。しかし彼女には『魅力』があったのだ。

　女であるという魅力が。

「無くなって、居なくなって初めてその存在に気付く」とは良く言われるが、いまアブドゥル少年がまさにそんな気に囚われた。

（待て、カエサルは貧乏だったが貴族の出自だった。手に入れた財は惜しみなく部下の将兵たちなどに配ったと伝えられている。翻っておいらは貴族でも何でもない。

　得体はしれないが一応王族のネフティスが歯牙に掛けてくれるだろうか？）

（まぁ、感謝して貰えなくたって、恩を売っておけばそれなりことはあるかもしれないしな……）


夜が更けてから、アルハザード少年は古書店に戻った。

ランプなど、灯りを点すわけにはいかない。

壊された窓から差し込む月と星のあかりだけが頼りだ。

幸い、見張りは立っていないようだった。

彼は斧などによって徹底的に破壊された店内の本棚や家具を何度も眺め渡した。

粉粉になった木片、燃えるものは全て燃やされ、陶器はたたき壊されて、陶片が散らばっていた。

（彼らは、もしできたら店ごと燃やしたかっただろうけれど、街なかということでさすがにそれはできなかったみたいだな……）

アルハザード少年は（何か手掛かりが残されてはいないか？）と、何度も繰り返して見た。

壁は漆喰の色の境目や、床に近いネズミの穴と思われるところまで、剥がそうとしたり、石鎚で叩いてみたりした跡があった。

その中で、たった一箇所、きれいでそのままのところがあった。

『至高の唯一神アッラーは、辛抱強い、我慢強い者を好んで助け賜う』

（おそらくは店主——ネフティスが「まっとうな店」であることを装おうとして、当世の祐筆に依頼して壁に書かせた聖句のようだった。

アブドゥル少年は、魔術でその部分を文字を傷つけないように四角くくりぬいた。

（うっかり音を立てたり、聖句を壊したりして通報されたり、追っ手が掛ったりしてもつまらないからな……）

果して奥には空洞があって、巻かれた羊皮紙と、飾りの付いた小箱が入っていた。

羊皮紙にはカイロの古地図が描かれていて印が一箇所だけ記されていた。

小箱は縦横高さが微妙に出鱈目で、不気味な異形の怪物がデザインされていた。蓋を開くと、中には賽子くらいの小さな黒光りして赤い線が走る多面結晶体が、金属箔の帯と奇妙な形の七本の支柱によって宙に浮かせるように収納されていた。

（これが古今東西の魔導書や、好事家たちの噂で触れられている「輝くトラペゾヘドロン」というものの一つか。……なるほど、禍禍しい妖気を放っている。ネフレン＝カも所持していて、ナイアーラトテップの召喚を試みたという伝説は本当でったようだな。

これらがあれば、カイロのどの辺りの地下神殿跡の何処にネフレン＝カが生き埋めにされているのか分りそうな気がする。

――しかし待てよ。これらが揃っているにもかかわらず、何故ネフティスは携行しなかったのだろう？　地図は覚えられるからいいとして、「輝くトラペゾヘドロン」は、現地で方向を指し示してくれるかもしれないのに……

持ち歩くと支障をきたすことがあるのだろうか？　おいらが持って行っても良いものだろうか？）

迷った末、アルハザード少年は地図は覚えて、結晶体は持ち去ることにした。

カイロはアレクサンドリアと比べて、大商港ではない分、地味な街だった。

ギザの三大ピラミッドを目印として、地下神殿跡の位置は分った。

（ヌビアの神殿――ネフティスの故郷の神殿が崩落したのは、時の流れに加えて、おいらたちが暴れたせいだと思うけれど、この神殿は要石（かなめいし）が魔法で抜かれて一気に倒壊したような感じだな。

城などの中には、戦に敗れた場合、そのまま敵の手に渡ってしまわないように、いざという時は自爆や自壊の仕掛けを施したものも多多あると言う。

しかしネフレン＝カともあろう者、そんなことは周知のことだっただろう。なのにどうしてわざわざそんなところに逃げ込んだのか？）

アブドゥル少年は隠し棚の地図に記されていた抜け道を脳裏に思い出しながら瓦礫の中を進んだ。

垣間見える壁画の一部や破片の神像は、やはりエジプト古来の神神ではなく、得体の知れない神神やその下僕たちばかりだった。

（いつからこの世界の果てから果てまでをくまなく探索して、これらの神神——神たちだとして——についての著書を、他でもないこのおいらが著わしたいものだ）

行く手が塞がり閉ざされると、少年は持参した「輝くトラペゾヘドロン」の小箱の蓋を開けてかざしてみた。

すると、小箱の多面結晶体から発した細い——しかし鮮やかな光が、何処からか発せられた同種の光と出会って、次に進むべき隠し扉の方向を示した。

幾度繰り返したことだろう。

気配を消して進むのは骨が折れた。

やがて、あちこちの隙間から強く歪んだ光が漏れ出ている岩の前へと出た。

入念に出入り口らしいもの——扉らしきものを探してみたが、どこにも見あたらなかった。

目の前の岩壁には扉の絵が描かれているが、それが開くことのない「偽扉」であることは明らかだ。

（壊すのは簡単だけど、音がしてしまう。

呪文で開けるのだろうか？　しかし神殿だったのなら出入りする皆が皆、魔導師であるとは限らないはずだ。どこかに隠し扉があるのではないか？）

試しに「偽扉」のあちこちを拳で叩いていると、緩んで隙間が出来ている石があった。

それを抜き去ると小さな壁龕になっており、中央に多面結晶体を置く窪みがある。

少年がその窪みにトラペゾヘドロンを置くと、描かれているだけだったはずの「偽扉」が静かに左右に開きはじめる。扉は本物だったのだ。

その向こうはかつて神殿の広間として使われていたらしき空間だった。

いくつも松明(たいまつ)が明明と燃え、照らし出されたのは、十数人のネフティスそっくりの巫女たちだった。ネフティスと違うのは、皆、小さなトラペゾヘドロンの首飾りを掛け、半裸で、虚ろな目をして操り人形のようにぎこちなく、酒瓶や盃を載せた盆や、果物や食べ物を持った盆を運んでいる。

中央の神官長の椅子には、邪悪そのものの姿の腫れた目の男が酒杯を傾けていた。

「誰じゃ？　我が宴の邪魔をする者は？」

「先に我が問いに答えよ、下郎！」

「おいらはアブドゥル・アルハザード。アラビアはサナア生まれの魔導師だ」

「サナア？　魔導師？　田舎者が何用だ？　謁見を許した覚えはないぞ。……まぁ良い、此処に辿り着けただけでも、その力量、褒めてつかわすぞ」

「そっちになくてもこっちにあるんだよ！　ネフティスは何処にいる？」

「ネフティスならそのへんに大勢おろうが？」

「このネフティスたちじゃない！　『ネフレン＝カ　背教者の栄光』を著わしたネフティスだ！」

「知ってどうする？」

「連れて帰る！」

「そんなことより余の書記にならぬか？　この世界の外、星星の彼方から飛来した邪悪な神神について教えてやるぞ！」

「興味はあるけれど、あんたに倣おうとは思わないね」

「不敬なり！　誰か！　――いや、座興じゃ！　余、自ら成敗してくれるわ！」

　暗黒のファラオは立ち上がろうとしたが、もうそのような力は残っていないのか、また元の玉座に腰を沈めた。

そして再び試みて、今度はようやく立ったものの、その骨と皮だけの膝は小刻みに震えていた。

少年は王を蔑むような、憐れむような目で見た。

「おいらはあんたをどうこうする気はないんだ。此処へはネフティスを探しに来たんだ。彼女は一体どこに居る？」

「……事もあろうに我が娘に懸想したか小僧？　身分違いを弁えよ！　じゃが、これまでの無礼を詫び、余に忠誠を尽くすならば……一人くらいはくれてやってもよいぞ？」

焦点の定まらない瞳の、意思などどこにもなさそうな十数人のネフティスたちが一斉にアルハザード少年を縋るような目で見た。

『タ・ス・ケ・テ』

動かぬはずの、瀬戸物のような唇が皆一斉に動いた。

『タ・ス・ケ・テ』

『タ・ス・ケ・テ』

『タ・ス・ケ・テ』……

「ここで三千年間あんたの世話をしていたこいつらじゃぁない。『一番最初の、この子たちの元になったネフティス』だ！　──あんたの娘なのかどうかは甚だ怪しいけどな。そんなことは問題じゃあない！　──いま一度問う。『あの』ネフティスはいまどこにいる？」

「ほざくな下郎！　問うことが出来るのは王だけじゃ！」

「あんたはもう王じゃない！　その忌まわしき行い故、追放され、此の地、この世のタルタロスと言うべき場所に未来永劫に閉じこめられ、封印され、王名表や歴史からも抹消された邪悪そのものの存在に過ぎない！」

「王に対する数数の無礼な言葉、万死に値する！　一寸刻みの処刑が羨ましくなるくらいの苦しみを与えようぞ！」

「ふん、やれるものならやってみろ！　その崩れそうな玉座から立ち上がることもままならぬ癖に！」

「申したな！　ならば望み通りに！」

ネフレン=カが何か口の中で短い呪文を唱えると、かしずいていたネフティスたちの首飾りから一斉に小さな黒光りして赤い線が走る多面結晶体が外れて王の掌に集まった。

石を奪われたネフティスたちは糸を断ち切られた繰り人形のように全員ゆっくりと崩れ倒れて塵芥と化し四散した。

「さて、これからが本番じゃ。誠の邪悪なる神の姿をその眼にしかと焼き付けるが良い！」

かつて王まで登り詰めた男は、取り憑かれたような表情、人ならぬ声と言葉で禍禍しく叫んだ。

「クトゥルー　フタグン　ナイアーラトテップ　ツガー　シャメッシュ　シャメッシュ　ナイ

アーラトテップ　ツガー　クトゥルー　エタグン！」

　すると、穴からはこの世のものならぬ気配——冷気と瘴気が混じった風とともに、黒衣を纏い、王笏を持った長身の男が顕現した。

　アブドゥル少年はその者の顔を覗き込もうとした——が、何も見えない。いや感じる事もできない。空間にぽっかりと開いた深淵への穴。そうとしか言えない類いの存在だった。

　顔の無い男は無数の触手からなる手で手招きした。

「嫌だね！　断るよ！　おいらは神の言うことを聞いたり契約を結んだりするんじゃあなくて、神を従わせたいんだ」

　すると男は纏った黒衣をめくって見せた。

　衣の中にはネフティス——『あの』ネフティス……おそらくは最後の一人のネフティスが目を閉じ、着付け人形のように立っていた。

「ネフティス！　こっちへ来い！　そいつと一緒に居たら、そいつと一緒にどこかへ行っちゃあいけない！」

「さぁどうする、下郎の餓鬼よ！　ネフティスとともに無貌の神の下僕となるか、それとも生贄となるか？」

「どっちも御免被るね！」

　言うやいなや石柱の陰に駆け込んだ。悪意を形にしたような笑いを浮かべたネフレン＝カが掌を向けると石柱が轟音とともに弾け飛んだ。破片が砂嵐のように撒き散らされ、上部が床に激突し地響きをあげる。が、そこに少年は居なかった。

「こっちだこっち。どこを狙ってるんだ？　耄碌したか？」

「なに!?」

反対方向から嘲る声が飛んだ。振り向くといつの間に移動したのか、おぞましき者共のレリーフを飾った祭壇の生贄を置く場所の上でアルハザードが腕組みをして見下ろしているではないか。

「おのれ！」

ネフレン＝カが手を向けるより早く少年は飛び降り、供物の陰に飛び込む。祭壇が弾け、供物もろとも吹き飛ばそうとした矢先。「遅いな。年寄りじゃついて来れないか？」「なに!?」

今度は右から。

「この！」

「ハズレ！」

反対側から。

「莫迦な！」

「ヘタクソ！」

後ろから。

「くそ！」

「残念だったな」

左から。

かつての王が喚く度に神殿が破壊されていく。

「いまのあんたじゃ無理だよ。長生きと酒色(しゅしょく)が過ぎたんだ」

「ぬお！」

耳元で声がした。反射的に振り向くと——誰も居ない。必死に不遜(ふそん)な少年を探すと——最初の場所にいるではないか。しかも既に念を集中して呪文を唱えている。

「ナイアー　シュタン！　ナイアー　ガシャンナ！　ナイアー　シュタン！　ナイアー　ガシャンナ！」

呪文に呼ばれて、ネフレン＝カが召喚した貌無(かおな)き存在が、アブドゥル少年の傍(かたわ)らにも現れた。

「そんな莫迦な！」

「愚かなのはあんたさ。おいらの腹話術と小細工でそこまで消耗しちまってな」

「こ……小僧！　許さぬぞ！」

かつては王だった男が召喚したナイアーラトテップが触手の腕を振ると、闇が放たれた。空気を無音で震わせ、アルハザードを飲み込む寸前で阻止された。少年が喚び出したナイアーラトテップが等量等質の闇で迎撃したのだ。

「あんたに出来ることは、おいらにも出来るってことさ！」

「莫迦な！　こんなはずは……」

「へへへ……　偽の王様は偽の邪神しか呼び出せないのかもしれないな！　……だとすると、おいらのナイアーラトテップもまがいもののはずだけど、ニセモノ同士がそんなに差のあるものとは思えないよな！」

「ならばこれならどうだ！」

ネフレン＝カがアルハザード少年の足下を指さすと、床が突如として消えてしまった。「奈落の法」だ。穴の底はどこまで続いているのか。

しかし少年魔導師は穴には落ちなかった。宙に浮いているではないか。

「無駄さ！　ネフティスがあんたの事を解剖するように詳しく書いていたからな。手の内は全てお見通しだぜ！　こんな『空中浮揚の術』なんか、あんたの時代じゃ魔導師が挨拶代わりに使ってたらしいな」

「ぬぅっ……」

闇がぶつかり合う余波で地下神殿全体が振動し、瓦礫が降り注ぎだした。が、彼等を包む魔力が瓦礫を粉砕し、塵に変えていく。

「そろそろキツいんじゃないか？　あんたのその体じゃもう魔力も集中力も続くまい。ほらほら、揺らいできてるぜ？」

ネフレン=カの膝が震えている。やはり無理をして立ち続けていたのだ。どんな術を使って長らえていたのかは分からないが、人の身に三千年の時は長すぎたのだ。

「おいらも痩せっぽちだけど、あんたよりずっと若いしな、まだまだいけるぜ。長生きのし過ぎと不摂生のあんたじゃ、持久力に差があり過ぎってもんだ！」

ネフレン=カの額には赤と青の血管が浮かび、全身から汗が流れ落ちる。口はだらしなく開き酸素を求めてあえいでいる。どう見ても限界だ。

「こう……なったら……　ナイアーラトテップよ！　この下郎の小僧を永遠の闇の世界に連れ去るのだ！」

「え？」

「しまった！」

かつて王だった男は、あろうことか……それこそあろうことか邪神とは言え、また紛い物とは言え、神に向かって命じた。後悔してもう遅い。傍らに立っていたナイアーラトテップが害意の波動を叩きつけた。

「我、愚昧ナル王ヲ哀シマセント欲ス」

「い、いや、これは……」

言い訳が通用するはずもない。暗黒の王を闇が包み込んだ。アルハザードは冷たさと虚無を感じた。これで終わった——と思った瞬間。暗闇の縁に皺だらけの手が現れ、境界を掴んだ。

なんという執念か。

「まだ……だ……貴様さえ……いなければ……」

「残念だったな、やっちまった以上は仕方が無い。もう諦めな。頼むから呪詛の言葉は気の利いたやつにしてくれよ……じゃぁな」

呟きつつ境界にしがみつく指を一本ずつ引き剥がしていく。三本目を摘まんで引き離したところで、手の持ち主は闇に落ちていった。

「おのれ！　余はこの恨みも決して忘れぬぞ！　この『輝くトラペゾヘドロン』がある限り何度生まれ変わり、転生しても、小僧、貴様を呪い続けてやる！」

さらに何か叫んでいたような気がするが、聞き取れなかった。

「あばよ。駄目な王はどこまで行っても駄目だったな」

闇とともにナイアーラトテップは消えた。アルハザードの召喚したナイアーラトテップも元の世界に帰って行った。

それまでどこに隠れていたのか、元来のネフティスが走り寄ってきた。

「ありがとう！　アブドゥル・アルハザード！　やはり父は碌(ろく)でもない存在だったわ！　会って確かめて、おまけに始末してくれて本当に良かったわ！」

「良かったな、ネフティス。——さすがはおいらだ」

——まだ研究を始めたばかりなんだけれど、貴女が著わした『ネフレン=カ　背教者の栄光』も大いに役に立ったよ。もしもあの本がなければ……」

二人はしっかりと抱きしめ合った。

「——この先、おいらが次々と邪神たちを従える様を、隣で見てみたくはないか？」

「有難う！　本当にありがとう！　……でもね。」

少年は背中に軽い衝撃。胸に突き抜ける熱いものを感じた。

ネフティスは隠し持っていた偃月短刀を少年の背中に深深と突き立てた。心臓の位置だ。

「それはできないの」

「え……　何故……」

「なぜなら、邪神たちを従え、この世を征服するのは妾だからじゃ！　誰が薄汚い、どこの馬の骨とも分らぬ下郎と！」

血は流れなかった。

その代わりに少年の身体は脆(もろ)い石膏の像のように、次第にあちこちから剥離を始めた。

ネフティスは目を瞠(みは)りつつ飛び退いた。

像のような身体はやがて、腕や頭がもげ、脚がぐらついて倒れ、粉粉になって壊れた。

「そんな……」

驚き慌てるネフティスを横目に、アルハザード少年は玉座の柱の陰から現れた。

「……ヌビアの密林の中の神殿に、貴女の妹たちの出来損ないが一杯破棄されていただろう？　彼女たちはもちろんネフレン＝カの魔法で作られたものだ。当然、ここカイロの地下神殿で傅(かしず)いていた彼女たちも、だ。

『輝くトラペゾヘドロン』があればある程度可能、ということだ。

――それでおいらも貴女がわざわざわさわざアレクサンドリアの魔導書古書店の壁の中に隠されていた……おそらくは最後の一個で……おいら自身の分身を一つ作ってみた、ということさ。

あの男を振り回した小細工がこれだ」

　早すぎる移動の正体を飲み込めたネフティスが印を組んだ。

「おのれ！　僭王(せんおう)ともどもおとなしく消え去れば良いものを！」

アブドゥル少年がその手を両手で押さえ術の発動を封じた。父王ともども、平静さを失って本来の力を発揮できないでいることもあるのだろう。

「よせよ！　おいらは貴女が倒せなかった奴を初対面で始末したんだぜ。

……それに、貴女だって、これ以上何か無理を重ねたら、崩れ去ってしまわないという保証はどこにもない」

「おのれ！　アブドゥル・アルハザード！」

ネフティスは目を血走らせ、音が聞こえるほど歯がみして少年を睨(にら)み付けた。

「なぁ、ネフティス、もう一度だけ誘うぜ。――おいらと一緒に旅をしないか？　確約は出来ないけれど、楽しい旅になるかもしれないぜ」

何か力が抜けたように、ネフティスの表情が緩んだ。

「何を言うのじゃ。妾は、妾の求めに応じて汚らわしい父を消してくれた忠義者を葬ろうとしたのじゃぞ？」

「……だから、言っただろう？　おいらは偏屈で天邪鬼なんだ」

少年はいま一度ネフティスの傍に近づきかけた。

「寄るな！　妾は……　妾は……」

手にした偃月短刀が小刻みに震え、石畳の床に落ちて乾いた音を立てた。

偃月短刀を構えていた手首の皮膚が剥がれて落ち始めた。やがて全身に同じことが起き始めた。

「ネフティス！」

アルハザードが駆け寄って倒れるネフティスを抱き留めた瞬間、彼女は粉粉に崩れ去ってしまった。

粉塵は冷たい地下神殿に吹き渡る風によって四散した……。

……少しか、あるいは少し長い月日が流れた。

アルハザード少年はエジプト綿の純白の長衣を翻し歩きながら、アレクサンドリアの街の潮風を胸一杯に吸い込んでいた。

「次は、ガザかアシドドあたりに行ってみるか……。確かダゴンの神殿跡があるはずだ。バールベクのバアルを始めとする万魔殿やダマスカスの裏町あたりも面白いかもしれない……」

独り言を呟きながら、賑やかな表通りからどんどんとそのまた奥まった、場末の迷宮のように入り組んだ裏通りのさらに路地裏に向かっていた。

視線の先には一軒の小さな古書店が改装されて再建されていた。

歩みと心拍が最初の時より速くなる。

(懲りない連中というものはいるものだな)

古書店の店先には、主に新本のコーランやイスラム教の神学書が飾られていた。

アブドゥル少年はまたしてもそれらには一瞥もせず店内に進んだ。

乳香の香りが出迎える。

黴の臭いはしなかった。代わりに新しい漆喰の匂いがした。

「何かお探しですか?」

鈴を振るような声がした。

黒いアバヤを纏い、ヒジャーブで両眼以外を隠した女性が出迎えた。

店主の女性は客が旅装束の少年で、まっすぐに「写本・翻訳者募集」の掲示板の前に立ったのを見て、少し首をかしげた。。

大小様様、色んなインクと筆跡で書かれた募集要項のほぼ全てが、イスラム教関係の書籍の写本や翻訳の依頼ばかりだった。

彼は慣れた手つきで痩せた腕と指を伸ばして、何故か重なってピンで止められている一枚目の紙を次次にめくってみた。

それらの下に重ねて貼ってあったのは――

アラビア語ではない、ギリシア語やラテン語でもない、古代エジプトの象形文字ですらない、判じ物のような奇妙な文字――記号の列だった。

「困りますわ、勝手に触れて頂いては……」

と言いかけた店主が言葉を飲み込んだ。

「ふーん、アクロ語やイスの文字、古きものの文字、ツァス＝ヨ語、ルルイエ語からのアラビア語、ラテン語などへの翻訳依頼か。報酬が前よりも上がっているし『下訳だけでも可』になっているな」

「お客様、お分かりになるのですか？」

店主の口調が驚いたようなものに変った。

「――つかぬことをお訊きしますが、どこかでお会いしたことがありましたて？」

「おいらも貴女の声に聞き覚えがあるような気がするよ。――でも、思い出さないほうがいいかもしれないね」

「どうしてそんなことを仰るのですか？」

「さぁ、どうしてかな」

「……わたしも何か記憶があるような気がしますわ」

「おいら、そろそろ行かなくては……」

街のモスクの光塔(ミナレット)から聞こえ始めた晩禱(サラート)の唱謡(アザーン)に合わせるかのように、アブドゥル少年は背を向けた。

エウロパの海に眠るもの

天満橋理花

さつまいもがとれるころ、遠くに海が見える廃校の講堂で、バーチャルアイドルのライブコンサートが開かれていた。

「いま、星から届いた光で変身します！」

シンプルな衣装で歌っていた早瀬里菜（はやせりな）と小川鈴音（おがわすずね）の女性二人組が、ステージライトで輝いた。

三秒後に青白い光が落ち着くと、二人の姿はアニメ風の美少女に変わっていた。

衣装も緑のベルトを差し色にした黒のフェイクレザーを使用したゴスロリ風になり、音声にも人間らしさを抜く加工がかかった。

生身の人間の動きをリアルタイムでトレースし、ステージの前に張った薄いフィルムに同じ動きをする3Dアニメーションを投影する。

普通ならこのような小規模のコンサートで、使われるはずがない高価な設備を必要とする最新技術だった。

「お待ちかねの『いと深き海より』です」

観客が期待にざわめいた。

さっきの曲とはまるで違った、鈴音の妖艶な歌声に、里奈はコーラスとして己の声を絡ませた。二人の声が、ライブコンサートの濃密な空気に溶けていく。

　間奏の際は主役交代。ダンスの得意なポニーテールの里奈の泳ぐような滑らかな動きに、長髪の鈴音が寄り添うようにして、舞う。

「いあ！　いあ！」という観客と一緒になっての掛け声が、狭い講堂を震わせるほどに響き渡った。

　バーチャルアイドルは中の人を見せないのが普通だが、地元の喫茶店を活動拠点にしている『ぱあぷるステラ』は「人間の女の子に星からの使者が憑依（ひょうい）」という設定である。

「ひとつぶで二度おいしい」のか「中途半端で共倒れ」なのかは賭けだったが、「二面性」として、ファンには受け入れられていた。

　熱狂的なステージが終わり、楽屋に戻った里奈は、マネージャー兼演奏者の磯崎邦彦（いそざきくにひこ）に声をかけられて、スポンサーらしき中年男に紹介された。

　どことなく蛙を思わせる体形のその男は、世慣れた金持ちらしい隙のない笑いを浮かべていた。

「ほう、健康そうなお嬢さんですね。さっきの踊りには日常を超える勢いがありました。あなたには素質がありますよ」

その男は先に楽屋に来ていた鈴音と磯崎と里奈を一緒に眺めてこういった。

「これこそ新しい神の訪れですな。さらなる援助をお約束しましょう」

「感謝いたします」

磯崎が深く頭を下げた。

「光栄です」

鈴音は愛らしい顔立ちに、妖しい笑みを浮かべている。

自分の顔から血の気が引いていくのを感じながら、里奈も「応援ありがとうございます」と頭を下げた。

里奈は、かたわらの鈴音を見つめた。

ネットにはよく神が降臨するし、里奈はグループアイドル時代、他人の神を平然と引き受けている芸能人を何人も見た。ああいう「神がかりの巫女」こそ、偶像としてのアイドルの役割ではないか。満たされざる者を満たすもの。

良きダンサーであることしかできなかったことこそが、アイドルとしての自分の限界ではなかったか。

ああ、鈴音は磯崎に手を引かれて、そちらへ行こうとしているのか。

いつから私の世界はこんなに暗くなってしまったのだろう。

夏にはたしかに明るい光に満ちていたのに。

「それでは、ご期待の新作をご紹介します！」

白いエプロンにビニール手袋をはめた平石洋一（ひらいしよういち）は、クリーム色の番重（トレイ）からケーキを取り出した。この喫茶店『ぱあぷるステラ』の新作メニューだった。

「うわあ、かわいい！」

里奈はぱちぱちと手をたたいた。初夏の午前の光に照らされて、紫芋のスイートポテトタルトの上に黄色いチョコレートの星が飾られている。

「ほんとね。そして、美味しそう」

里奈のアイドルデュオ『ぱあぷるステラ組』としてのパートナー鈴音も一緒に拍手をした。

「ありがと。気に入ってもらえてうれしいな」

洋一は里奈に満面の笑みを見せた。

この喫茶店には、料理人としての修行をした人はいない。だから、手作りケーキとはいっても、実際に作るのは近くの洋菓子屋さんだ。洋一はそこの三男で、この喫茶店とその店をつないでいた。

「おいしそうだね。これならきっとお客さんも喜ぶよ」

里奈たちのマネージャーで、この喫茶店のオーナーである磯崎は指の長い手を伸ばして、皿をとった。眼鏡をかけなおして、スイートポテトをじっくり見る。

「では、早速試食しようか」

磯崎は満足そうに笑って、里奈たち三人に声をかけた。

「はーい、私がフォークを用意します」

里奈は軽く右手をあげた。

「では、私はコーヒーを入れよう」

磯崎が席を立って、コーヒーメーカーの方に歩いていく。

「私もお手伝いします」

鈴音も立ち上がった。

「おいもの味がしておいしい」

里奈は、スイートポテトをのかけらをかみしめる。

じっくり焼き上げた香ばしい味がした。

少し甘みが強い気がしたが、コーヒーや紅茶とあわせるならこれがいいのだろう。

里奈は磯崎の入れた香りがよく、すっきりしたコーヒーをあえてストレートで飲んだ。

「おいしい？　よかった。きちんと貯蔵されたさつまいもは、むしろとれたてよりも味がいいんだ。そういうのを使っている」

洋一は嬉しそうに笑った。

「新メニューのお知らせを準備しないといけないな」

「ポスターの草案を作っておきましょうか」

磯崎と鈴音が話し合っていた。事務作業はさっぱりの里奈は洋一とケーキの後片付けをした。

洋一は「じゃあね。里奈さん、お仕事がんばって」と、手を振って勝手口から出て行った。

その笑顔に里奈は「特別な好意」を感じたが、気のせいだと思うことにした。


「よし、きれいになった！」

掃除担当の里奈は、モップで木の床を拭い終わった。

「里奈ちゃん、やったね」

それを聞いた鈴音は長い髪を揺らして、軽く手を叩いてくれた。

鈴音はキッチンでカレーとパスタソースなど今日の分の食品の在庫を、取り出しやすい場所に移動している。機械による在庫管理システムが稼働しているので、その予測に従った数だけまずは用意する。

「こっちもおわったよ」

「鈴音ちゃん、お疲れ！」

今度は里奈が親指を立ててねぎらった。

開店準備を一通り終えて、二人で休憩室に座った。そこへ、ガレージに行っていた磯崎が戻ってきた。

「二人とも、お疲れ様。そういえば、朝、釣りをしていたら面白いものが釣れてね」

磯崎は、ふたに空気穴をあけた小さなガラス瓶を机に置いた。中で暗緑色のぬるりとしたものが蠢いている。

「タコが釣れたんですね。小さいけど、タコ焼きぐらいならできそう」

鈴音が笑いながら、瓶をのぞきこんだ。

「どこで釣ったんですか？」

「いつもの港さ。君たち、このタコを見たことがないか？」

そういわれて、里奈は瓶を手にとった。鈴音も里奈に寄り添うようにして、タコを見る。

「ちょっとわからない……マダコじゃなさそうですけど」

里奈は首をかしげた。ポニーテールが揺れる。

「ヒョウモンダコかな？　でもあれはこんな鮮やかなマラカイトグリーンにならないよね。そうですよね、磯崎さん」

鈴音の問いに磯崎はうなずいた。

「この店のリフォームを請け負った工務店の杉原さんと一緒に釣りをしていた。でも、長く釣りを趣味にしている彼も、このタコを見たことがないと言うんだ」

「実はイカとか」

里奈はガラス瓶にはりついた触手の向こうの、生き物の顔をよく見ようとした。

「たしかに、タコに似た形のイカもいるな」

――あれ？　ジョークのつもりだったのに。

「インターネットで誰かに聞いたら、正体を隠した魚類専門家とかに教えてもらえませんか？」

「貴重な生き物かもしれないから、写真を不用意にネットに上げたくなくってね」

「あっ、そうですね」

里奈は希少生物の採集地が知られると、色々な人がとりに来たり、高値で転売されるという話を思い出した。

「珍しいタコだから、明日昔からの友人に持っていくという約束をした。写真は送ったが、彼にもわからないってね」

磯崎は左手首に装着した携帯端末を示した。

「隣の市で高校の生物教師をやってる友人だ。地域での生物多様性保護活動にも参加している」

「生物教師の人でもわからないのか、新種かな？」

「新種だったら、『ぱあぷるステラチャンネル』でニュースにしたいな」

「それ、面白そう」

里奈と鈴音は笑い合った。

「新種だといいな。だが、それはやはり珍しいと、友人は言っていた。外来種か、たまたま上がってきた深海の生物、あるいは希少種の幼体じゃないかな、と」

「ようたい……？　ああ、おばあちゃんに聞いたことがある。昔のちりめんじゃこにはよくタコやカニの赤ちゃんが入っていたって」

「何かの子どもかもと思うとカワイイですね」

鈴音の言葉に、里奈は、ええ！？　かわいくないよ、不気味じゃんと思ったが、他人がかわいいと思うのを否定する気もなかったので黙っていた。体表のかすかに紫の粒をまぜたマラカイトグリーンの色合いが毒々しい。

里奈が眺めていると、タコと目が合った。動物が自分を観察してくる人間を見つめ返してくることはめずらしくない。だが、そのタコは金色の大きな目を細めて、笑ったように見えた。

触手がこちらに触れようとしているかのように、ガラス壁をすべり蠢く。里奈はタコは実は賢いという話を思い出して、瓶を机に戻した。そっと置いたつもりだったが、手が震えたのか、ガラス瓶はガタリ、と音を立てた。

「……あれ！？　瓶をあけようとしていません？」

鈴音がタコの動きに気がついて声をあげた。

里奈はあわててふたをぎゅっとおさえた。

「鈴音、養生テープを持ってきてくれ」

　磯崎の言葉に鈴音は厨房に走っていった。

「実は最初は、他の釣った魚とまとめてクーラーボックスに入れて持ち帰ろうとしたんだが、車での移動中に他の魚を食べてしまったらしくてね。クーラーボックスの中が真っ赤で、きらきらと魚のうろこが舞っていた」

　緑の養生テープで封印状態になった瓶を見ながら、磯崎は説明した。

「それでこのタコだけ、瓶につめたんですか」

「そういうことさ。……このタコを見たことがないかと、軽く聞くだけのつもりだったのに、時間かかったね。そろそろ開店の時間だ」


『ぱあぷるステラ』の窓から遠い一角の壁掛けテレビは、『ぱあぷるステラちゃんねる』動画を再放送していた。数分の短い動画でも一〇〇回分以上あるから、営業時間中ずっと『ぱあぷるステラちゃんねる』を流しまくりだ。

　今は『君にあいがと』という磯崎が作曲して、鈴音と里奈が歌う曲の動画が流れている。あいがとは、ありがとうという意味の方言だ。聞いた人に元気をあげられる曲を目指している。

　現実の里奈は、ウエイトレスの制服に茶色のポニーテールだ。だけど、『ぱあぷるステラちゃんねる』の映像内での彼女は、明るい茶色にオレンジのメッシュの入ったグラデーション。和服をアレンジした華やかな上着の、胸から袖にかけて、ミヤマキリシマが描かれている。ひざ下までのチュールスカートに、星を飾ったダンスシューズ。顔は思い切って、瞳の大きな手描きアニメ風だ。全体として、やわらかめの色合いもかわいい。もちろん、3Dモデルで作られている。

パートナーの鈴音も3Dモデル化されて、映像の中に一緒にいる。

現実ではストレートの黒髪を鎖骨（さこつ）までのばした鈴音は、3Dモデルでは肩甲骨を覆うほどの長さの髪をしている。髪の毛は3Dモデルでは、メッシュの入ったブルーグリーンのグラデーションだ。首をかしげるのにあわせて、物理演算で髪が揺れる。

昔は3Dモデルをただ動かすと、足がスカートを貫通したり、腕が袖からつきぬけたり、髪が肩に刺さったりした。だから、調整の少なくて済む、体にぴったりしたデザインの服が多かった。

でも、今はそうじゃない。技術の進歩で、天女の羽衣のようなコスチュームやフワフワリボンや長い髪もリアルタイムで動かせる。もちろん、シネコンにかかる映画のような大きなプロジェクトでは、今でも最後は手付けで動きを仕上げているだろう。

里奈はなんとなく自分のスカートを見た。赤紫のスカートは歩くたびに、足にそってなめらかに翻（ひるがえ）る。

現実というのは、思い通りにならないかわりに、確かなものだと里奈は思った。

歌は終わり『ぱあぷるステラちゃんねる』の番組は地元をネタにした雑談になった。

「衛星探査機うみねこは、残念だったねー」

３Ｄモデルの里奈が言った。

「うん、残念。国内の海に落とすのは、初の試みだからしょうがないね」

同じく３Ｄモデルの鈴音も応えた。

「サンプルの回収には失敗しちゃったねー。でも、鹿児島沖に着水させることには成功したので、次回に期待しちょっじゃ」

会話のすべてが方言だと、作業中のラジオがわりに聞いている他県の人には聞き取れないだろう。だから動画の方言は、日常的なものというより「キャラ付け」だ。

近くのカウンター席でコーヒーを飲んでいた常連の男性である中島が、薄型テレビを見上げている。気になる話題なのだろう。彼は里奈と目が合うと言った。

「里奈ちゃん、コーヒーゼリーをもらえますか」

「はい、あいがとごわす」

里奈がコーヒーの隣に、コーヒーゼリーを置くと、中島は話しかけてきた。

「私もカプセル引き上げのライブ配信を見てたんです。あった！　の後のあれ？　というＪＡＸＡの人の声が耳に残ってます」

「あれは、がっかりしたでしょうね……」

里奈は衛星探査機うみねこについて、番組用に色々と調べたことを思い出しながらあいづちをうった。

「里奈ちゃん、よければ少し話を聞いてくれませんか？　私、探査機うみねこを打ち上げ前から応援してたんですよ」

――数年分の愛があるのか。それはたとえ実況にワクワクしていただけのファンだとしても、落ち込むだろう。

「いいですよー。お客さんが増えるまでおつきあいします」

里奈はポニーテールを揺らしてにっこりと笑った。

「あいがとー！　じゃあ、コーヒーのおかわりをもらえますか。今度はアイスコーヒーで」

里奈は厨房に向かい、作り置きされていたアイスコーヒーを冷蔵庫から取り出して注いだ。

「私、小さいころにプラネタリウムで見た、探査機はやぶさの映画に感動したんです。時々、ＪＡＸＡに寄付したりしてね」

「私も、映像配信ではやぶさの映画をみました。みんなの夢がかなう帰還の瞬間がとてもキラキラしていました」

「どの映画ですか？」

「えーと」

「あ、思い出せなかったらいいですよ」

里奈は手首につけた携帯端末でスルッと検索した。

「はやぶさくんがしゃべるやつです。なんだか、かわいかったです」

中島はああ、とうなずいた。きっと詳しいのだろう。

小惑星探査機はやぶさ。何本も映画が作られた伝説の探査機だ。そのカプセルは、オーストラリアのウーメラという広大な砂漠に投下された。中からは小惑星から、持ち帰ったサンプルが見つかった。

その後継機として、衛星探査機うみねこは木星の衛星エウロパに向かった。カプセルの予定投下地点は、ウーメラではなく九州の海だった。

はやぶさの後継機であるはやぶさ2の時に、世界的に伝染病が流行った。各国は入国制限をし、日本からカプセルを取りに行く一団は入国は許可されたものの、その時期ならではの苦労があった。

その後、議論が起きた。

木星は遠い。土星も遠い。天王星も遠い。

だが、いつかはそこも探査したい。

遠くへ飛ばした探査機が帰ってくるのには、何年も、もしかしたら十数年もかかる。他国の協力を前提にしない方がいいのでは、というものだ。

しかし、日本にはささやかな砂丘しかない。人気のない広大な平野は日本にはない。

それでは大海原に、ということになった。

アポロ11号だって太平洋に着水した。

しかし、カプセルを海に落とすと万が一沈んでしまった時の回収が難しくなるのでは、という懸念もあった。電波を使用したビーコンは、水中ではごく近い距離にしか届かない。

たとえば、一九九九年に打ち上げに失敗し、水深三千メートルの海底に沈んだH－IIロケットのメインエンジンの捜索は困難を極めた。

二メートルの物体を探し出すために、海洋科学技術センターは、小笠原諸島付近の広大で凹凸のある海底をソナーとカメラで観測した。その時は、ロケットを打ち上げた宇宙開発事業団側の落下場所の計算による絞り込みが適切だったこともあり、エンジンは発見された。

しかし、予定されているサンプル回収用カプセルの大きさは、せいぜい三〇センチだった。これが沈んだら、どうやって探せばいいのか。

色々と議論が交わされたが、「九州で打ち上げ、九州で回収」を合言葉に計画は実行された。

探査機うみねこは九州の種子島から打ち上げられ、木星の衛星エウロパを目指した。

光の速さでも数十分以上かかる、数億キロメートルのかなたへ。

かつて探査機パイオニアやボイジャーが通った真空の道を通り、探査機うみねこは木星の衛星エウロパに到着した。いきなり着陸はせず、エウロパの周囲をまわり、氷のサンプルをとれそうな場所を探した。

その様子は、数十分遅れで地球にも配信された。

中島は窓に視線を向けた。

「うみねこの打ち上げ、同じ県に住んでる者の特権だと思って種子島まで見に行きました」

「私は、その時は、まだ動画配信者ですらなくて、後から実況を見るだけでした。でも、青空に打ち上がるロケット、きれいでしたね」

里奈は記憶をさぐった。

多くの人が話題にしていたから、動画サイトやSNSやNHKでうみねこの話題は色々見た。NHKの探査機うみねこ番組は、テーマ曲が壮大で美しかった。眼鏡をかけたJAXA関係者の語りの詳しい内容は忘れてしまったが、「海で魚を捕まえるのがうまい鳥だから、うみねこと名付けた」という命名の由来は「ロマンチックだなあ」と思ったのを覚えている。

「いらっしゃいませー」

里奈が常連さんと話し込んでいる脇で、鈴音が新しく来た女性二人連れをテーブルに案内している。里奈はいったん話をやめて様子を見た。中島も視線を新しい客に向けた。鈴音は「大丈夫よ。どうぞ」といって、厨房に入っていった。

二人は会話を再開した。

「里奈ちゃん。うみねこちゃんってキャラがいたこと、覚えていますか?」

「大好きなキャラでした」

里奈は笑った。

動画サイトでは、擬人化された「探査機うみねこちゃん」が、エウロパへの着陸を実況した。その声は少し機械音声風に加工されていたが、里奈にはその中身が、ある有名なヴァーチャルアイドルと同じだということがわかった。好きだったから、わかってうれしかった。

「すごい光景ですみゃ」

うみねこちゃんの語尾は「みゃ」だった。

探査機うみねこの真空にも耐えるカメラが映し出す、エウロパの空。エウロパから見た木星は巨大で、牛乳を注いだばかりのコーヒーのようにマーブル模様が踊っていた。

そして、地表は多くの科学者が予想したように、氷の世界だった。地球から見るよりも小さな太陽の光に照らされて、どこまでも深い宇宙の闇を背景に、動くもののない白い大地が広がっている。

「こきゅーとすのようですネ」

うみねこちゃんが、肩から生えた灰色の翼を軽く羽ばたかせた。

それが『神曲』で描かれた地獄の最下層、悪魔が氷漬けになっている場所の名だとは、里奈にはわからなかった。他の人のコメントでそう知った。ネットにはいろんな人がいて面白い。

極地近くの氷の裂け目から水蒸気が勢いよく吹きだしている。その根元に少しばかりの水があることが、これまでの周回による観測からわかっていた。

うみねこが目指しているのはそこだった。

危険な場所でもあり、うみねこに搭載されたＡＩの性能が問われるサンプル採取だった。

その後のうみねこから送られた信号によると、栄養ドリンク一本分ほどの液体サンプルの回収に成功したという。そのサンプルも、エウロパではたちまち凍りついただろう。

「探査機うみねこ」関連情報は、前人未到の大冒険をたたえる高揚感に満ちていた。

それが、暗転したのはほんの一週間ほど前。

中島はため息をついた。

「サンプルリターンの日は、大時化(おおしけ)でした。大手のネットニュースによると、その予報が気象庁から発表されるとともに、様々な検討が探査機うみねこを地球へ導こうとする人々の間で行われたそうです。

『今回は地球を通過させ、後日再挑戦してはどうか』

『先延ばしにしたところで、次は晴れるという保証はない。今回以上の嵐の日になってしまうということもありうる』

『探査機がその延長期間中に故障する可能性がある』……などなど」

「本当に運が悪かったとしかいいようがないですね」

里奈はちらりと、店の混雑具合を確認した。中島の話は面白かったが、鈴音にあれこれと押し付けてしまうことにならないかと思ったのだ。

「結局は、失敗したのはスタッフの力不足ということになってしまうんですよ。必ず成功するなら、それは挑戦ではないと仕事でも思いますが、やっぱり失敗はきついです」

中島の握ったコップの中で、とけた氷がかすかな音をたてた。

「がんばっても、うまくいかないことって多いですよね」

里奈の言葉に、中島が深くうなずく。

「投下地点の変更も検討されましたが、そもそもその海域が『船が少ない』や『多少ずれても陸地に当たらない』などの理由で選ばれているので、すぐに代替地が見つかるわけではありません。帰還の日に台風が来るようなことは、海に落とすと決めたときから、想定内ではないか、とか。カプセルは水に浮くようにしてあるし、厳しい重量制限の中で強度も持たせた、とかいう主張ももっともですしね」

嵐が収まってから、ビーコンをたどり、波間に漂っていたうみねこのカプセルを回収した。カプセルは破損していた。

外側は何かがぶつかったように歪み、サンプルケースは内部から開けられたような感じで地球の海水が入っていた。

原因については、採取されたサンプルに入っていたのは水だけではなく、ドライアイスなどの気化しやすい物質だったのではないかとか、いろいろな仮説が立てられている。

「私は悔しいんですよ。あのサンプルケースに何が入っていたのかが、永遠にわからないことが。少なくとも他の探査機が再びあのエウロパにたどり着くまでは」

中島はそういって、アイスコーヒーの残りを一気に飲み干した。

「里奈ちゃん、今日はうみねこの話がたくさんできて楽しかったです。あいがとー」

中島は会計の際に、三頭身の里奈と鈴音が描かれたオリジナルメモ帳を三冊買っていってくれた。

「お疲れさま。そろそろ予約の常連さんが来るから、準備しよう」

鈴音が皿を洗いながら、微笑んだ。

里奈は予約を入れた団体の名を、防水タブレットで確認した。

「里奈さん、こんにちはー」

「鈴音さん、昨日UPされた動画見ましたよ」

「あいがとー。うれしいです」

彼らはいつものアクリルの衝立に囲まれた半個室に案内された。

コーヒーをお替りしながら、ボードゲームやTRPGをプレイするグループだった。「特別なアイドル」に会いに来ているというよりは、『ぱあぷるステラ』に居場所を求めるタイプの人々。でも、ぱあぷるステラ組のことは、ここの看板娘として尊重してくれている。

――まあ、うちらのことが嫌いだったら、そもそも来ないよね。うちらに圧倒的なカリスマがないのはちょっと寂しいけど。

地方だとなんらかのファンやマニアやオタクと言われる人用の店は少なくなる。そして、全てがインターネット通販とネット中継で解決するわけでもない。それらに飢えて、都会を目指す若者は後を絶たない。里奈もかつてはその一人だった。

『ぱあぷるステラ』が「ヴァーチャルアイドルがいる店」を名乗る前から、このお店は小説と漫画の棚のある喫茶店だった。その時代からのお客さんも残ってくれているのは、いいことだと里奈は思っていた。

喫茶店を継いだ磯崎はアルバイトの店員を募集した。里奈の経歴を見た磯崎は、こういった。

「よければ、歌ってみてくれませんか。振り付きで」

里奈の踊りを鋭い目で見ていた磯崎は、こういった。

「活発さを感じるダンスですね。体さばきからするに、今でも毎日踊っていたりしますか？」

「はい、そうです」

磯崎は、単なる店員ではなく、毎日ステージで歌わないかといった。里奈にはそれがとてもうれしかった。

そして、アイドルグループを卒業した鈴音が加わることにより、『ぱあぷるステラ』は始まったのだ。

「そういえば、あのタコの名前、わかりました？」

数日後、乳酸菌飲料の紙パックを手にした鈴音が、休憩室で磯崎に聞いた。

「いや、逃げられた。ずっと瓶詰だと死んでしまうかと思って、一晩水槽にいれていたよ。そしたら、夜中にガラスの壁を吸盤で這い上って脱走してしまった。一応蓋もしていたんだが、ポンプ用の隙間があったからさ」

「それは、残念でしたね」

里奈はちょっと考えて話し出した。

「私、小さいころ飼っていたカタツムリに脱走されたことがあるんですよ。でも、数日後にお風呂場で見つかりました。もしかして、そのタコも水場にいるかも」

「ああ、そうだね。生きているとは思えないが、水を求めて移動はありうるか。せめて死体でも回収するか」

「うーん、干物になってそうですね」

鈴音は里奈の言葉に、ちょっと笑った。

「友人も残念がっていたよ。やはり、実物が見たかったって」

「磯崎さんのせいじゃないですよ。落ち込まないでくださいね」

「大丈夫といいたいところだけど、実は私は思うより気にしてるらしいな。友人との約束を破ることになってしまったせいか、タコに襲われる悪夢を見てしまった」

「疲れてるんですよ。最近お店も忙しいし」

鈴音が心配する。

「ちなみにどんな悪夢ですか？　巨大なタコにタコ焼きにされるとか。巨大タコの来襲！　とかですか」

里奈は聞いた。

「フェイスハガーっていうんだったかな？　顔にべたっとはりつかれるような、不気味な夢だった」

磯崎は、気分が悪くなったのか、軽く手で顔をおさえた。

「もしかして、そのタコ、ベッドの下で干からびてません？」

「うーん、……掃除するか」

「そのご友人って、どんな方なんですか」

「あいつはね、高校の生物部を担当していて、生徒を連れてフィールドワークをしている。地域の生き物を調べるのは、地味な作業だ。でも、幼体や外来種、希少種の分布範囲などの調査も大事だと、あいつは熱意を込めて話すんだ。博物学は決して、時代遅れの学問ではないってね」

「時代遅れではなく、歴史のある学問っていうことですね」

「いいこというな、鈴音」

「人間が何者かを、人間はまだよく知らないのさ。それを知るには地球上の生き物のことをもっとよく知る必要があるっていう話だ。ということで、君たちも珍しい生き物を見つけたら、教えてくれると嬉しい」

「それは、地球外の海を調べに行った、探査機うみねこともつながる話ですね」

　里奈は中島との会話を思い出しながら行った。

「そうだね。生命のない世界に何か有機物があれば、生命発生のヒントになったはずなのに。友人がいうには、生命の進化は単なる突然変異による枝分かれの繰り返しではない。バキュロウイルスのように、共生や寄生や感染により、違う能力を獲得してきた……」

「寄生というと、サナダムシで痩せる話とか？」

　里奈は毎日体重計にのっていた。

「それも寄生ではあるね。たとえば、私たち人類は呼吸をしてるだろ。これにはミトコンドリアという細胞内の器官がかかわっている。あれは元は別の生物だったという話とかかな」

「その友人のお話、面白いですね」

　鈴音はそういって、紙パックの乳酸菌飲料を飲んだ。

「特に紹介はしなかったけど、君らのライブにも来てくれていたんだ」

「おお、それは好感度アップです！」

「あいがとーと、お伝えください」

　里奈と鈴音のテンションがあがった。

——磯崎さん、いいひとだなー。

この『ぱあぷるステラ』が、親の代があるとはいえ、この短い期間で地域の有名店になったのには、磯崎の知人友人とよく話すところも関係しているのではないかと里奈は思った。

磯崎はすらりとした体格で長い指、メガネの奥の目ははっきりした二重だ。バンドのキーボードとして、活躍していた当時の音楽雑誌に掲載された写真を見たことがあるが、美青年と言えるカッコよさだった。

そう、本人にいったら「ライトと修正の力さ、もはやその手の写真は絵も同然だからね」と答えられた。それはわかる。里奈もめっちゃ美少女に見える自分の写真を、グループアイドル時代の思い出として携帯端末にいれていた。

バンドのキーボードだった時代はそれなりにファンもいたそうだし。『ぱあぷるステラ』のライブでも、たまに花束をもらっていたりもする。

鈴音も磯崎のことは慕っているようで、歌のことだけでなく私生活の面でもたびたび相談しているようだった。

里奈達は八時で『ぱあぷるステラ』を閉めた。この店は夜はバーになったりはしない。かわりにささやかなインターネット番組製作が始まる。

店の奥の方の木製の扉をあけると、小さな動画放送用スタジオがあった。この喫茶店がありふれた海の近くの喫茶店だった時は倉庫だった場所だ。

「いつも思うけど、お菓子をきれいに撮るのって難しいね」

鈴音がスイートポテトの周囲に飾る、ピンクのスイートピーと白いカスミソウを抱えている。

東京でアイドルグループの一員だった、鈴音のなめらかな頬にピンクの花が触れている。

「……あっ！」

突然、鈴音が磨かれた木の床に倒れた。花が散り、床に黒髪が広がる。

里奈は鈴音を助け起こした。

「ありがとう。軽いめまいだから、心配いらないの」

「ひとまず、椅子にすわって」

鈴音の顔には血の気がなかった。

「……鉄分サプリいる？」

「あ、いらない……かな」

「まあ、即効性はないもんね。後は私がやるから、そこで見ててね」

里奈はスイーツの写真を撮る作業にもどった。鈴音は水を飲みながら、時々花はもっと少なくてもいいんじゃない、などのコメントをくれる。

「はい、今日の撮影終わり。明日テラス席で、お日さまの光いっぱいの写真をとっておくからね」

「あいがと」

「鈴音ちゃん、明日はやすんでいいよ。私が引き受ける。ちょうど生で歌わない日だし、磯崎さんに連絡してみる」

「……わかったわ」

鈴音は顔を曇らせたが、ここで意地を張るのも逆に迷惑だろうと思ったのか、大人しくうなずいた。

「磯崎さん、この前店員を増やそうって言っていたような気がするけど、難しいのかな」

「そんなにお客さんがくるわけじゃないから」

鈴音は、薄く笑った。それは苦笑に近かった。

里奈は二人でがんばろう、と言いかけて口を閉じた。

「磯崎さんの奥さん、もうこっちへは来ないのかな」

里奈は避けていた話題を口にした。でも、『ぱあぷるステラ』の仕事は明らかに増えていた。店舗面積広めの喫茶店だし、カラオケコーナーでの歌の披露があるし、動画配信も、グッズ通販もある。時々は近くの元小学校の講堂でライブも行う。

「あの方は仕事があるっていうし、期待できないんじゃないかな」

そもそもこの喫茶店、『ぱあぷるステラ』は『喫茶　オーロラ』という名前で、現在のオーナーである磯崎の両親の店だった。

父親が亡くなり、母親が東京にいる息子である磯崎に店を手伝わないかと相談した。当時の磯崎はバンドが「音楽性の違い」で解散し、他のバンドの手伝いと妻の収入で暮らしていた。母親側から見れば「仕事を失った息子」だったのだろう。

最初は磯崎夫婦で、母親を手伝うはずだったのだが、母親に難しい病気が見つかった。

磯崎は他の兄妹と相談し、母親は県庁所在地で暮らす長男が引き取って、施設に通わせるという事になった。

店はそのまま磯崎夫婦が継ぐことになった。

そして、一年ほどたったある日のこと。磯崎の妻は東京の実家に戻った。

今、別居して二年目に入ったはずだ。

里奈には細かい事情はわからないが、離婚は成立せず、まだ法的には結婚しているらしい。

「磯崎さんに聞いたことがあるの。奥さんはこのお店を売ることを提案したらしいわ」

「このお店で働いている時は、そんな素振り全くなかったのに」

磯崎の妻は『ぱあぷるステラ』を一時期手伝っていて、里奈は彼女と一緒に働いたことがあった。

彼女には都会的な優秀さがあった。背の高い美人で、よく手入れされた髪を結い上げ、てきぱきと働く。ＰＣを使用しての書類やポスターの作製もスムーズ。外国人観光客の一団の質問に、英語で丁寧に答えていた。携帯端末の機械翻訳なしに。

――もう一度あの人に手伝ってもらえたら、助かると思ったんだけどな。

磯崎の妻は里奈と初対面の日、閉店後にカラオケで、あいさつがわりに磯崎のバンド時代の曲を歌った。

正直うまくはないと思ったが、里奈は愛を感じて拍手した。作曲者本人である磯崎やアイドルの鈴音と比べるのがおかしいのだ。

――人は自分の持っていないものを持っている人に惹かれるというのは、あれなんだろうか。

「……見た感じでは磯崎さんと奥さん、仲良さそうだったのにね」

里奈は当座の問題である人手不足が、この方向では解消しそうにないのでちょっと落ち込んだ。

「里奈。残念だけど、奥さんにも夢やキャリアプランがあったんだと思うの」

「……夢」

里奈はつぶやいた。

「悩むと思うわ。東京で上場企業のキャリアウーマンとしてバンドマンと結婚したのに、なぜ地方で小さな喫茶店経営者の妻として生活しなければならないのかって」

奥さんからすれば、夫に自分以外のすべてを捨てろと要求されたに等しいだろう。

「まあ、実家が東京ならここは本当に遠いね」

さらに子供が生まれれば、磯崎の母親にも自分の実家にも頼れない孤独な育児になってしまう。

「ここにもいいところはたくさんあると思うんだけどな。ほら、海も空も広い！」

　里奈が踊るときのようにバン！　と両手を広げると鈴音は笑った。

「磯崎さんは、『ぱあぷるステラ』について、奥さんに赤字が続くようならもちろん売るよ、と答えたらしいの。で、このお店はいまギリギリ」

「うーん、それはお店がなくなるまで、手伝いに来そうにないね」

「余計なお世話だろうけど、別れてお互い新しい人生をはじめたらいいよ。あの二人なら、また新しいお相手がみつかるから」

『ぱあぷるステラ』が繁盛するのが、里奈の夢だった。しかし、この世には少なくとも一人、それを望まない人がいる。このお店がつぶれて、愛する男が自分の元へ帰ってくるのを、磯崎の妻はきっと待ってるだろう。

　その時、里奈の携帯端末がパッと青い光を放って振動した。

「あっ、ウワサをすれば影！」

　コーヒー豆の仕入れ先に行くと言って、留守にしていた磯崎からの今から店に帰るという連絡だった。

　この店は磯崎の店舗兼住居だから、帰ってくるのはその意味でもあたりまえだった。

　里奈は、今までの会話の内容からちょっと後ろめたい気分になった。だけど、今日の業務の報告のため、店で磯崎を待つことにした。

「鈴音、あなたの分の報告は私がしておこっか？」

「あいがと。一応顔を見せてから帰ることにするわ」

帰ってきた磯崎は鈴音が倒れたと聞いて、こう答えた。

「少し休むといい、車で送っていこう」

里奈は二人にさよならと言って、自転車で祖母宅に向かった。お店から近いので、祖母宅に居候しているのだ。

夜空を見上げると、東京では見えない光の弱い星達が無数に瞬いている。

――ここにこそあるような、素敵なこと、いくらでもあると思うんだけどな。磯崎さんの奥さんには悪いけど、『ぱあぷるステラ』はこのあたりの名物喫茶店にしてみせるから！

里奈は名前も知らない星々にそう誓った。


『ぱあぷるステラ』は、人手が足りない。しかし、いきなりインターネットのアルバイト情報サイトで募集はしない。まずは親戚、知人友人のコネで探される。その次は店舗の張り紙。そして、公式のSNSという順序が妥当だろうということになった。

鈴音が店に出る時間を減らすために、洋一が手伝いに来てくれていた。

少年の時から、洋菓子店の手伝いをしている洋一は、店舗スタッフとして手際がよかった。

「僕も歌えるとか、楽器がひければよかったんだけどね」

洋一は休憩室で、自分のいれたコーヒーの味をたしかめながらいった。

「ううん、洋一さんが来てくれてすごい助かってる。洋一さんは高級人材！」

それは里奈の本音だった。幼いころから、両親の洋菓子店を手伝っていた洋一は、清掃も調理もてきぱきとこなし、レジでも人懐っこい笑顔を絶やさなかった。

「洋一でいいよ。う―んと、お店の中ではむしろ平石さんかな」

「そうだね。平石さん」

「こっちは、里奈さんでいいのかな？　アイドルだから、里奈さまだったりしない？」

平石は明るく笑った。

「お店なら、里奈さんかな。りなりんとかそういう呼び名がファンの中から自然発生したらうれしいかな、な―んて」

「ねえ、二人きりの時は里奈ってよんでいい？」

「ん、いいよ」

洋一は顔を輝かせた。

「里奈、これからよろしく」

「うん、洋一。これから『ぱあぷるステラ』を盛り上げるべく、きばっていこ―！」

里奈と洋一は、笑いあった。

「じゃあ、そろそろ僕は店に戻るけど、鈴音さん大丈夫かな？」

「大丈夫だと思うけど、お店に来た時はよく見てあげて」

洋一はわかったといって、休憩所を出て行った。

一人になった里奈は、鈴音のことを思った。

鈴音とコンビを組むことが決まり、新曲の練習をしていた時、彼女が時々自信なさそうにしていたので、里奈は「鈴音ちゃんはすっごい歌うまいから、きばろっ！」と励ました。

そのあと、磯崎にこう言われたのだ。

「君のやる気はとっても素敵だよ。でも、鈴音は、この世から消えたいと思ったことのある子だから、あんまりがんばろうとかいわない方がいいかもしれないね」

「そうなんですね、気を付けます」

里奈はそのあと、鈴音の「卒業」に関するうわさを色々と検索した。

——事務所がなくなった私とは、だいぶ事情が違うみたい……。

それから、気をつけて見てみると、磯崎が鈴音の歌にはきつく指導をいれたりしないことなど、里奈とは違う対応をしているのがわかった。

里奈はそれをひいきとは思わなかった。

鈴音は気を張りすぎて、一度気力が尽きてしまった子なんだから、フラジャイルな細工物として扱っていかないとね。

里奈は休憩所を出る時に、ポニーテールを結びなおした。

「みんな、こんにちはー。それでは、今日のお楽しみ、『ぱあぷるステラ』のミニコンサートです！」

時刻は四時。『ぱあぷるステラ』の片隅のカラオケコーナー。大型の壁掛けテレビで流れ星のイメージ動画を流しながら、里奈と鈴音はお互いに片手を握り合ってポーズをバチッと決めた。

携帯端末のカメラ音が響く。

この時間帯はいつも満席だ。見慣れたお客さんと一見さんの割合はいい感じだ。常連の中島もいた。

「朝の海にとけた夜　探したの　あのステラ♪」

この喫茶店は小さいので、鈴音ならマイクなしでもすみずみまで声を響かせることができる。だが、ささやきを聞かせるためにも、二人はヘッドセット型のマイクを使っていた。

里奈はコーラスを担当しながら、鈴音と踊る。里奈の方がダンスがうまいので、間奏の部分は里奈が主役だった。ステージとすらいえない場所で、ステップを踏み、バシッと振り向いて見せる。

曲が終わり「わっぜよかったぁ」などという声と拍手が聞こえる。

里奈と鈴音はにこやかに、観客に手を振った。

「生で見るのは初めてでしたけど、里奈ちゃんのダンスってすごく滑らかなんですね」

二十歳前後の二人組の女性客の一人が、きらきらした目で声をかけてきた。

「あいがとー。わっぜうれしかー」

今、里奈が使っている実写映像を自動的に３Ｄアニメーションに変換するソフトでは、舞踊人形（コッペリア）になるのは仕方がない。むしろそれに非人間的な美しさを感じる人もいる。

また、自動変換では顔は笑顔でも、手は無表情ということになる。

指一本一本の角度を処理しきれないからだ。

ＣＭ動画や人気ゲームのムービーなどでは、３Ｄアニメーターが手で動きをつける。風になびく服や髪と違い、指の表情には正解がない。あるのは個性だ。

これはもう「この指、折れてるんじゃ？」という事態を防げるだけでもいいよね。そう思いつつ里奈は自分で、最小限の手打ち修正はしていた。

――目の前で歌い、踊るからこそ、伝わること、きっとある。

里奈はそう信じていた。

「今日のステージよかったよ」

里奈と洋一はコーヒーを休憩室で飲みながら会話した。

「あいがとー」

「こんなこと、いわれなれているだろうけど、里奈は素敵だよ。容姿がかわいいだけじゃない。アイドルは生きざまだよ。一生懸命生きている里奈がこのお店にいることは、きっとすばらしいことなんだ」

「あいがと。……わっぜうれしか」

「ねえ、里奈。僕たち、付き合えないかな。アイドルに恋愛はタブーだって知ってるけど、こっそり」

――やっぱり、こうなったのね。

「……うーん、私はアイドルだから。洋一とはこれからも仲良くしたいけど……ごめん」

地方には都会とは違う情報漏洩ルートがある。

少しの間、二人は黙った。きれいに拭かれた休憩室のテーブルを眺める。

「そうなんだ……。もしアイドルをやめたくなったら、この話を思い出してくれないかな。縁起でもない、と思うかもしれないけど、退路を断った一生懸命は人を壊す気がする」

「……実際、アイドルや歌手の知人友人の中で、結婚して引退した人は多いから、それもわかる。洋一はいい人だね。馬鹿にしてるわけじゃないの。人間として生きて、いい人であり続けるって、難しいことなの」

「あんまり待つようなら、もちろん、他の人を探すから、この告白は気にしないでいいよ。ただ、今は君のそばにいるのが楽しい」

「あいがとぉ」

里奈は精いっぱい笑って見せた。


「闇系というか、変わった曲ですね」

磯崎から新曲の『氷の下で夢見るもの』をキーボードの弾き語りで聞かされた里奈は戸惑いを隠せなかった。

『ぱあぷるステラ』の閉店後、磯崎、里奈、鈴音の三人でミーティングが行われていた。

「この曲は、悪魔のトリルみたいなものさ」

――なにその深夜アニメのＥＤっぽい曲のタイトル。

「もしかして、夢で見たんですか」

鈴音は笑って答えた。

「そう。最近悪夢をよくみるので、せっかくだから曲にしてみた」

――なんかカッコいい！　でも、思い付きで路線変更!?

「『ぱあぷるステラ』の幅を広げたくてさ。今までとは違う曲に挑戦したい。ダンスの振り付けは、後日里奈と相談するから、この仮歌を聞いておいてくれ」

そういうと磯崎は、携帯端末を軽くタッチした。

里奈の手首の携帯端末が震えた。曲が送信されてきたのだ。

「ダンス……どんなイメージで表現すればいいのでしょう。なにか、ありますか」

「この世には、恐るべき存在がいる、かな」

「わかりました。悪魔系とかホラー系のＭＶ（ミュージックビデオ）を見ておきます」

――生々しい悪夢を見るなら、曲を作るより、お医者さんに行った方がよいような気がするけど。

「今夜は、鈴音と歌の練習をするつもりだが、体調はどうかな」

「大丈夫です。この歌、いける気がします」

鈴音はいつもより熱を感じさせる声でこたえた。

そういえば、あのタコはどうなったのだろう。死骸ぐらいは見つかったのだろうか。なんとなく気になったが、磯崎の失敗を追求するようで気がひけたので、里奈はその件は忘れることにした。

「それでは、お先に失礼しまーす」

そういって、里奈はお辞儀をした。

静かにドアを閉める時、奥の方で磯崎が鈴音の肩を抱いているのがちらりと見えた。

『氷の下で夢見るもの』が動画サイトで発表された時、常連の評判は微妙だった。しかし、しばらくすると妙なことに気がついた。

「なんか再生数のわりに、実況での歌動画の高額入金者が多くないかな。しかも英語名で」

『ぱあぷるステラ』内スタジオ機材のＰＣの画面を見ながら、里奈は鈴音に話しかけた。

この動画サイトには、実況動画で「動画投稿者を応援」というボタンがあり、クレカなどで入金が可能なのだ。

最後に「何々様、五〇〇円ありがとうございました」とか挨拶して終わるのだが、『氷の下で夢見るもの』を歌ってから、その金額がバグってるかのように高額なのだ。しかも、日本語の歌なのに、日本人名でないアカウント名が多い。

「里奈ちゃん、気にしすぎ。高価なブランドバッグをいきなり贈ってくる、ファンのようなもんじゃない？　それに歌に国境はないよ」

里奈はちょっと差を感じた。

同じ元アイドルと言っても、鈴音は何曲もヒットさせたグループにいたのだ。

「もし、私たちがただの地元アイドルだったら、外国からの入金なんてありえないけど。でも、ＶＲチャンネルを持ってるから、こういうこともあるってことだけよ」

「そうだね。理論的には、ある日アラブの石油王が一億円入金してくれることだって、ありうる……」

「このサイトの投げ銭システムじゃ、一度に一億は無理よ」

「まーねっ！」

里奈は腰に手をあてて、わざと明るくいった。

正確な累計金額はチャンネルの管理人である、磯崎しかわからないシステムだ。

——アメリカからあんな高額の入金があるなんて、マネーロンダリングかなんかじゃない？

里奈のかつて所属していたグループが解散した理由は、社長の横領だった。事務所がなくなるとともに、里奈の東京での居場所もなくなった。

「ふふっ。もっと英語を勉強しておくんだったな。里奈ちゃん、これって、『ぱあぷるステラ』にとってチャンスじゃない？」

——鈴音って、こんなに野心家だったかな？

里奈は鈴音がかつて、目指したものを思った。有名アイドルグループの人気ナンバーワン。

——もしかしたら、これこそが折れる前の鈴音であり、本性なのかもしれない。

里奈は、『ぱあぷるステラチャンネル』の画面を楽しそうに見つめる鈴音を見て、胸の中に冷たいものが広がるのを感じた。

「鈴音、里奈。君たちのおかげで『氷の下で夢見るもの』は、ひそやかに海を越えて広まっている。また曲を書いた。今度は『いと深き海より』だ」

磯崎はそういって、キーボードの上で指を躍らせた。

暗い旋律が、スピーカーから流れだす。

——いやな予感があたった。

里奈は、常連の中島らの前で『氷の下で夢見るもの』を歌った時の反応を思った。

不気味なものを見るような目つきだった。

曲の内容的に、その反応が正しいのだろうが、ちょっとショックだった。

里奈はそう思った。しかし、ある曲が売れたのなら、それの第二弾を作ろうとするのは、当然ともいえた。

「里奈には悪いが、今回は、ダンスの振り付けを里奈以外の人に頼むことにした」

「あっ、はい。もちろん、プロの振付師に振り付けしてもらえるなら、素敵なことです」

里奈は答えた。『ぱあぷるステラ組』の振り付け担当はずっと里奈だった。それは誇りだったが、同時に負担だった。

しかし、だれに頼むのだろう。

「アメリカのボストンに住んでいる振付師が、『氷の下で夢見るもの』を聞いて次の曲の時は自分にやらせてくれという手紙を送ってきた」

「すご！　ボストンには、何年か前に行きました。。劇場や学校が多くて、美しい建物が多いんです」

鈴音は手を叩いた。

「えっと、振り付け動画を送ってくれるということですか？」

「今回はそうなる。いずれ生で見たいとは言ってくれていたから、いつか直接会いに来てくれるかもしれないいな」

「大歓迎です」

鈴音の興奮が伝わってきた。

――なんか、怖いと思ってしまう私は自信が足りないのだろうか。それとも、これが「音楽性の違い」というやつだろうか。

「アイドルらしくない、と思うかな？　だが、ブラックメタルのように背徳性を売りにする音楽を聞いたことがあるだろう。人は恐怖を求めるという考えに基づいて作られた曲は、少なくともブラック・サバスからの半世紀以上の歴史がある。悪と闇は音楽の立派な一ジャンルさ」

里奈は、音楽論で勝てる気がしなかったので、黙った。

「振り付けがプロのものになるんだから、モーションキャプチャースタジオを借り、３Ｄアニメーターを手配して、ハイクオリティな新曲動画を作ろう」

「専門のモーションキャプチャースタジオを、借りられるんですか!?」

里奈がいうと、磯崎がにいっという感じに笑った。獲物がかかった、というような笑いだった。あまり気乗りしない様子なのは、読まれていたのだろう。

「その通り」

──磯崎さんが前の曲で得たお金を次の曲に投資するつもりなのは、うれしい。

里奈はそう思った。

「きばりまーす！」

と、里奈がこぶしを握るポーズを決めたとき、鈴音がふらりと膝をついた。

「よく倒れるな。休憩室に寝かせるか」

磯崎はひょいっと鈴音をいわゆるお姫様抱っこで抱え上げた。

美男美女と言える組み合わせなので、なかなか絵になっているな、と里奈はつい思った。

里奈は休憩室のソファに寝かされた鈴音に薄い毛布をかけた。服を整えた時、鈴音の腕の普段は袖に隠れる部分に、緑色の痣があるのに気が付いた。粘膜のような艶になんとなく、いつかのタコを思い出す。

──病気？　誰かによる虐待か自傷の跡かもしれないし、気軽には聞けないな。とりあえず、この痣は見なかったことにしよう。

「曲は送信するから、里奈も帰っていい。お疲れ様。明日も店はあるから」

そういわれて、里奈は鈴音を気にしつつも帰ることにした。

挨拶をして、出口のあたりで振り返る。

薄いタブレット端末の画面に表示された電子楽譜を見ながら、磯崎は何かつぶやいていた。

「この曲はさらなる成功をおさめるだろう。成功すれば、きっと香織も……」

里奈にはそう聞こえた。

『香織』とは磯崎の東京にいる妻の名前だった。


里菜は、海辺の道をジョギングしていた。遠くに薄く煙をあげる桜島が見える。

黄昏の空は曇り。

ダンサーとしての体力を保つために、里奈はよく走っていた。

片田舎の歌い手でも、一応アイドルなのだから、強い日差しの中では走らない。

暗い海が真鍮(しんちゅう)色の三角を並べている。魚だろうか、黒い何かがその流れを乱した。

里奈はそれを見て立ち止まり、そのまま、ぼうっとたたずんだ。

にぎやかな日々にぬめる闇が忍び込んできたのは、いつからだったか。

「里奈さーん」

洋一が後ろから声をかけてきた。里奈が振り向く。

「里奈、なんで泣いてるの？」

その言葉で里奈は、自分の頬に流れる涙に気が付いた。

「僕でよければ、話を聞くよ？」

二人は人目につかないように、岩場に移動した。

里奈は路線変更後の『ぱあぷるステラ』の客層やスポンサーが怖いこと、磯崎や鈴音がその方向に突き進んでいること、などを相談した。磯崎と鈴音の関係については、証拠がないので黙っていた。『ぱあぷるステラ』を閉めた後に、鈴音だけが残れば、それは磯崎の自宅にいるという状態なのだから、関係なんていくらでも隠せる。

——あのお互いの体の触り方、なんかあると思うんだけど。

「曲や振り付け自体も怖いの。なんか邪神召喚の儀式のアマノウズメみたいな役割なのかなって思う」

「一生懸命踊っているから、あれで楽しいのかと思っていた。だけど、無理してたんだ」

「陰謀論みたいだけど、何かの組織が関わって急にファンが増えた気がして」

「里奈が耐えられないのなら、『ぱあぷるステラ』を卒業したらいいんじゃないかな。辛くても続けるのは、いいことじゃない」

「卒業……と言っても」

「里奈、君さえ良ければ結婚しよう」

洋一はそう言って、里奈の手を握った。ぬくもりが伝わってくる。

「そんなのだめだよ」

里奈はそういいつつも、ぎゅっと手を握りかえした。

もしかしたらこれが正解なのかもしれない。この海辺の町で優しい夫と元気いっぱいの子供に囲まれたにぎやかな暮らしを送るんだ。

それはそれできっと、上出来な人生だ。

「……ごめんなさい」

里奈の言葉に、洋一は話題を変えた。

「里奈、その怪しい組織？　のヒントはないのかな。名刺や連絡先や金銭のやり取りを調べてみたら？」

「……事務関係は鈴音だけが手伝ってるの」

「そうなんだ」

――ああ、簿記でも勉強しておくんだったな。これじゃ、何もわからない。

里奈はこぶしをぎゅっと握った。


『ぱあぷるステラ』閉店後、磯崎は一時間後に帰ってくるという連絡があった。今日は洋一の洋菓子屋に出向くそうだ。

最近体調を崩しがちな鈴音は先にさよならと言って、ドアを出て行った。

里奈はモップを休憩室の壁にたてかけた。本来なら、掃除をしながら磯崎の帰りを待ち、色々なことを相談するはずだった。

――レジ周りには、監視カメラがあるけど休憩室にはないもんね。

それでも、一応周囲を見回す。

『ぱあぷるステラ』の休憩室は、ついたて一枚を隔てて、事務室につながっていた。

こっそりと磯崎のPCを起動する。横目で覚えたパスワードを入力する。デスクトップが正常に表示される。このデータを調べて見たら、何かわかるかもしれない。

——映画とかで見た光景だな。こう……誰か別の人が入り口を銃で守ってたりするやつ。でも、私は孤独なスパイ。

そんなことを思いながら、持ってきた記録媒体にメールデータなどをコピーする。


里奈の目から見て、重要そうなデータのコピーが終わった。記録媒体をそっと抜く。

「ふふっ、バックアップありがとう」

ついたての陰から長い黒髪が垂れていた。鈴音が笑いながら、こちらをのぞいていた。

「帰ったんじゃなかったんだ……！」

「忘れ物を取りに来たの」

鈴音はそう言って笑った。

もしかして、ちらちらと事務室の様子をうかがう里奈の言動が、怪しまれていたのか。それとも鈴音は磯崎とここで夜を過ごすことを悟られないために、先に帰るふりをしただけだったのか。

——これは首にされてもおかしくないシチュ。いまさらそんなの怖くないけど。

「ねえ、鈴音。最近の磯崎さんの様子、おかしいと思わない」

里奈の呼びかけを、鈴音は面白そうに聞いている。

「そうね、きっと彼は悪魔に魂を売ったの。彼の曲を歌っていると、昂(たかぶ)る。きっと新たな世界への導きよ」

鈴音のふっくらとした紅の唇に、欲深い笑みが浮かぶ。

里奈は怖さを振り払うように叫んだ。

「正気にもどってよ！　神も悪魔も人の幻想によって、つくられたものに過ぎない。現代では、科学の限界であり、商業的な娯楽にすぎないの。どうか自分の歌にとりこまれないで」

「では、君はどれだけ現実を知っているのかな。幻想の霧の向こうの現実を」

ついたての後ろから、さらに磯崎の声がした。

里奈は驚いたが、鈴音に見られていたのだ。メールなりＳＮＳなりで連絡すること自体は、一分もかからない。

――鈴音は、私より、磯崎さんをとったんだ。

当然かもしれないが、胸が痛い。

「里奈。君は路線変更にあまり乗り気ではないし、何か疑っているようなので、『ぱあぷるステラ組』を卒業していただこうかとも考えた。だが、私たちの仲間があなたの踊りを気に入ってね。君にも私達の仲間になってもらう」

その声にはあまりにも当たり前に、邪な響きがあった。

この場合の仲間、とは何を差すのか。カルトの信者か。何かの秘密結社か。なにか恐ろしいイニシエーションが待ち受けている気がした。

里奈は、逃げようとしてそろりと壁側に動いた。

しかし、磯崎は逃がさぬとばかりに、里奈の手をつかもうとしてきた。恐怖が一瞬で、闘争か逃走かの火花になり、里奈は磯崎の腕を、バン！　と振り払い、ダンスで鍛えた脚で、素早く横にとんだ。

磯崎は、あまりにも迷いのない里奈の動きに驚いたようだ。

鈴音も動いた。里奈の退路をふさごうとしているようだった。

里奈は、さっきたてかけたモップを手に取り、房の部分を磯崎の胸に向けて、強く突いた。

「うぐっ！」

そのモップの長さ分だけの距離を保ったまま、里奈はドアを目指す。

そこに鈴音が立ちふさがった。武器がわりに、休憩室にあった金属製の花瓶を手にしている。

「どいて、鈴音！」

里奈は、やむなく鈴音にむかってモップをかまえた。

鈴音はそのまま、花瓶を里奈に振り下ろした。里奈はそれをモップの柄で防いだ。

金属の花瓶が床に落ちる。

無防備になった里奈の背中側から、磯崎が襟首をひっつかんで、乱暴に休憩室のソファに引き倒した。

モップが床に落ちた。

そのまま仰向けになった里奈の腹に膝をのせて、体重をかける。

「アッ！　いやあああ！」

里奈の悲鳴が、休憩室に響き渡った。

「神も悪魔も実在しない……それは、どうかな？　さあ、誓うがいい新たな神への忠誠を！」

里奈は、自分の両手首が磯崎の両手によってつかまれているのを感じた。振りほどこうとあがく。

——まって、この、私の首をしめているものはなに？

磯崎の黒いコートの下から、緑色の二本の触手が伸びていた。

濡れた吸盤の感覚が気持ち悪い。

「きゃあああ！」

里奈はさらなる悲鳴をあげて、下から磯崎に膝蹴りをいれた。鈴音が楽しそうに見ているのが目に入る。

「里奈！」

その時、休憩室の扉が大きな音を立てて開かれた。

洋一だった。磯崎が里奈を押し倒しているのを見た洋一は、即座に磯崎の脇腹に蹴りを入れた。

「グホッ！」

磯崎の里奈を押さえつける力が緩んだ。里奈は鍛えた腹筋をいかして、磯崎を突き飛ばして起き上がった。

そのまま、鈴音を右手ではらいのけて、洋一と一緒に休憩室をでる。

「どうして来てくれたの」

「磯崎さんが怖い顔でうちの店を跳び出したんだ」

薄暗い中、休憩室から、カウンター脇を通り、通用口に向かう。

「あれ、開かない！　……電子ロックか！」

この喫茶店の全ての扉には、リモコンで電子ロックがかけられるというセキュリティ対策が施されていた。鍵を持っている店員でも、それが稼働したらあけることはできない。

「警察！」

洋一が手首の携帯端末を操作する。

「窓から！」

里奈が叫び、二人は昔ながらのシンプルな鍵の窓に向かおうと方向転換した。

その前に磯崎と鈴音が立ちふさがる。

「えっ！？　なんだこれぇーっ!?」

磯崎から触手が生えているのをはっきりと目にした洋一が、すごい悲鳴をあげた。

その隙に、磯崎が触手で洋一を殴り倒した。

近くのテーブルに頭をぶつけた洋一の髪の毛の間から、夜目にもわかる赤い血が流れた。

その時、パトカーのサイレン音が聞こえた。

磯崎は、倒れている洋一と里奈、それに鈴音を見て「警察には君たちが説明するがいい。どうせ、発狂したと思われるさ」といって窓を開けて逃げた。


駆けつけた警察に色々聞かれたが、結局あの事件は「喫茶店経営者の夜逃げ」ということになった。

洋一は、あの夜の記憶を失っていた。頭を強打したせいか、あの緑色の触手がうねる光景を現実と認識したくなかったのかはわからない。

事件の数日後、里奈は洋一に連絡をとり、人目につかないように隣の市の回転寿司屋で会った。

「あの時は、助けてくれてありがとう」

「……ごめん、何があったのか覚えていないんだ」

里奈には、あの夜のできごとを詳しく話すことはできなかった。

それに、数日たった後では、あの磯崎の様子が恐怖による記憶の混乱だと自分でも思えてきた。自分は「音楽性の違い」で磯崎と喧嘩した、ただそれだけの話だ。

里奈の心の中で、記憶が「あの触手は本物だった」と叫ぶ。でもそれを真実にしてしまったら、この現実に怪物が闊歩していることを認めることになる。

自分がそばにいると、洋一の悪夢を呼び起こし、ゆっくりと狂わせてしまうのではないか、里奈はそんな恐れを抱いた。

しかたがないので、最近読んだマンガの話をして過ごす。

回転ずしのレーンに、タコが流れてきたので里奈は一瞬、息をのんだ。

「……ッ！」

不審そうな洋一に里奈はそういって、玉子を手に取った。

「……なんでもないの」

一月後、里奈は祖母の家で引きこもるように暮らしていた。

——鈴音。

里奈はもうずっと鈴音に会っていなかった。彼女も目立たないように暮らしているのだろう。見かけることもない。

しかし、ある日携帯端末に連絡が来た。

この町を出ることにしたから、最後に会いたいというのだ。

複雑な思いで指定された海岸に、里奈は出向いた。

里奈は自分の車のドアを半分開けた状態で待っていた。

「里奈も街を出た方がいいかもよ。暮らしづらいでしょ」

鈴音は少しやつれていたが、目には強い光があった。

「新しい街についたら、連絡してね」

里奈の言葉に鈴音は笑った。

そして、車の中から何かかごに入ったものを出してきた。

「一緒に育てない？」

「猫？」

「私とあの人の子よ」

「……そんな」

あの事件からひと月だ。

ひと月前の鈴音のほっそりとした体を思い出す。妊娠していたとしても、せいぜい初期か中期だろう。

愛しい人に捨てられたショックで狂ったのだろうか。抱えているのはぬいぐるみとかではないだろうか。

「可愛いでしょう?」

里奈は、その赤ん坊を見て。悲鳴をあげて後ずさった。

鈴音はそれを見て、軽く笑うと赤ん坊と一緒に自分の車に乗って去っていった。

——さようなら、私の町。やさしかった人々。

鈴音と別れて一週間後、里奈も故郷の町を逃げるように去った。それからもう二月になるだろうか。

人形かと思ったあの赤ん坊は生きていた。あの赤ん坊の腕の紫の斑点のある緑色の痣。そして金色に光る瞳。

里奈は、東京でハンバーガー屋の店員として働いていた。

何もかもを忘れたはずのその日、近くの雑貨店の店内BGMとして『いと深き海より』を耳にした。

久しぶりに聞く鈴音の声。

……これほどまでに甘く深みに誘う歌があるだろうか。

里奈は携帯端末をつけ、鈴音の連絡先をじっと見つめた。

海に揺れる君の瞳は…

橋本　純

1

凍てつく風が容赦なく外套（がいとう）の襟を立てた男の顔を叩いていた。

時折岸壁に上がる大きな波しぶきが、少し離れた所に立つ男の顔に氷より冷たく突き刺さる飛沫を寄越す。

十一月初頭の夕暮れの下、男は港を外れた倉庫の前で佇（たたず）んで遥か対岸にある巨大な鉄の構造物を見つめていた。この地は既に厳しい寒さの中だった。

彼が見るのは巨大なガントリークレーンを持つ巨大な施設。煙突からはそのクレーンを動かす蒸気を供給する為の煙が絶え間なく昇る。

「これがアメリカ。日本とは比較にならぬ規模と設備だ」

男はぎゅっと手袋に包まれた拳を握り、視線を凝らす。

これでもう五日、彼はその鉄の構造物を港のあちこちから鋭い目で観察していた。

その時、男の居る岸壁から少し離れた場所に建ち並ぶ倉庫の影から数人の人影が現れた。もう薄暗く判然としないが、どうやら作業員らしいと影の様子から分かった。

人影に気付き男は、ゆっくりと、自然を装って外套の襟で顔を隠しその場を離れた。

目立ちたくない、それが男の意図であるのは明確なのだが、彼の意思に反してその姿はひどく目立つ存在だった。

しかし、男はまだ自分が目立つ理由に気付いていない。男の着る外套のような高価なものを身に纏う東洋人など、この街では全く見掛けない。それを男は知らなかった。

上手く隠れた。内心ではそう固く信じていた。しかし……

男が歩み去る姿を、離れた場所を歩んできた作業員たちが見つけ囁き合った。

「おい、あれが噂になってる東洋人じゃないか？」

一人が言うと、隣の男がボア付きの作業用ジャンバーの肩を大きく持ち上げ応えた。

「さあな、ただ俺たちよりチビなのは確かだな。いったい何をしてやがる。また監督に教えておくか」

男はそう言うと、ペッと唾を吐き捨てた。

「今夜は海が荒れてるぜ」

作業員たちは背を丸め、倉庫の一つの中に消えて行った。

外套の男は離れた個所にある倉庫の影で様子を窺っていた。

「行ってくれたか。安全な場所は無いみたいだ」

彼はそう呟いて辺りを見回す。倉庫だけがぎっしり並んでいた。

男は少し首を振りゆっくりと別の場所へ移動を始めた。

どれほどの時間、港の周辺を歩んだろう。足が疲労を訴え、ようやく男は立ち止まり外套のポケットから時計を取り出し蓋を開けた。

思いのほか時が進んでいた。

「暗くなるのが早い土地なので頃合いを図りかねた。食事をしなければ……」

全く人気の絶えた港の細い道を歩み、男は人通りのある街の方へと歩んでいった。

食事を提供する店は何軒かあるのだが、男は何となく入るのを躊躇した。理由は、おそらく男の負っている職務のせいだろう。

歩きながら思案した男は呟いた。

「また宿の近くの店に行くとするか」

男の宿は今いる場所からは少し離れているが、どうせねぐらには戻らなければならない。重くなった足に鞭を入れ男は歩んだ。

「バッカス」という名の看板を掲げた店、それが彼の目指す飲み屋だった。いや、正確には元飲み屋だ。

禁酒法、なんとアメリカでは総てのアルコール飲料の販売と摂取が違法とされ多くの飲み屋が廃業に追い込まれた。彼の向かう店は内装は飲み屋当時のままであるが、今は食事を提供する日本風に言えば飯屋か定食屋というべき形で営業していた。

だが最初にそこを訪れた時、男は感付いていた。

店は間違いなくもぐり、非合法に酒類を提供する店だった。

カウンターに陣取った男たちはグラスの液体を飲み、頬を赤くして哄笑(こうしょう)を飛ばしていたのだ。

だが男はもう三日間、そ知らぬ振りでそこで食事だけを取っていた。

目立ちたくない。黙っていてもそう態度に出ていた。

それならもっと安全な店を選択してもいいはずなのだが、男はそこに通っていた。意識の中から敢(あ)えて退けようとしているが、男がその店に行くもう一つの理由があった。

店の扉を開き、男が中に踏み入った時、そのもう一つの理由が明るく咲いた花のように彼の目に飛び込んできた。

「いらっしゃい、今日も来て下さったのね」

自分よりやや背の高いその女性は、そう言って男を奥の席へと案内した。

ウェートレス。この国ではそう呼ばれている。日本では女給にあたるが、何処か垢抜けない素朴な感じのその女性に異常なまでに魅かれ、男は此処に毎日足を運ぶようになっていたのだった。

「ディナーをお願いします」

自分では判っていないが、ひどく硬い英語で男は女に言った。

「判ったわ、何か適当に作ってもらうから。昨日と違うメニューでね」

微笑む彼女の顔に男は視線が動かせない。

どうしても彼女の魅力に惹かれるのだが、見ていると他の客は概ね彼女に対し良い感情で接していないと見受けられた。

理由がわからない。正直男には、市井のアメリカ人の女性に対する好悪の趣など窺い知れなかったから、彼女が美しいと感じるのは自分が日本人だからなのか、個人としてのものなのかも判別できなかった。

彼女が注文をカウンターの向こうの店主らしき初老の男に告げている間、カウンターに陣取る三人組の男たちがひそひそ話す声が聞こえてきた。

「いや絶対この『のろま娘』は、あの町の者だぜ」

既にかなり頬が赤い、違法な密造酒を嗜んでいるであろう左端の男が言った。

「確かに奇妙な娘だが、こんな容姿の女はごまんといるぜ、このポーツマスにゃ」

「俺はアーカムの出身だ。あいつらの特徴は昔からよく知ってる」

そのあと男が何か地名のようなものを口走ったようだが、席の離れた日本人の男には聞き取れなかった。

ウェートレスがパンの乗った皿を、奥の席の男に運んで来た。

「はい東洋人さん、すぐにスープも温まるわ」

ウェートレスがそう言ったとき反射的に男は小さい声でこう言っていた。

「シマムラ、私の名前は島村です」

ウェートレスが、皿を差し出した手を止め、とても大きな瞳で彼を見つめて聞き返した。

「シマムラ、素敵な響きね。中国の名前かしら」

「いえ、自分は日本から来ました」

そう答えてしまってから、明らかな動揺が男の顔の上に走った。

言ってはいけなかった。彼の貌にはそう書いてある。

だがウエートレスは全くそれに気づいた様子もなく、こう返してきた。

「遠い島国だって聞いたことあるわ。私のことはクリスタと呼んでね」

ウェートレス、いやクリスタはそう言うと何処か恥ずかしそうに振る舞い島村の元を離れて行った。

食事を待つ間に島村は、この街に来る前のことを思い起こしていた。

2

駅の長い屋根内に機関車の煙が流れ、鉄の軋む悲鳴にも似た制動音が辺りに響いた。

きちんと整列した軍服と礼服のグループの前に、目指す客車がピタリと止まる。

他の客車から慌ただしく乗客が下車する喧噪が落ち着いた頃、ようやくその客車の扉が開き羽織袴紋付姿の男と礼服姿の男が低いホームへと降り立った。

「徳川議長閣下、遠路遥々ご苦労様です。加藤大臣も、お疲れ様です」

手に山高帽を握り慇懃にお辞儀をしつつ髭の男が言った。

「お迎え御苦労さん。幣原君、思った以上にワシントンは冷えるな。未だ西海岸では日光浴をする人物を見掛けたが」

年配の紋付姿の男、日本の貴族院議長を務める徳川家達が答えた。

一行は、日本から来た軍縮会議の出席者。此のワシントンD．Cに於いて開かれる海軍軍縮に関する話し合いに臨む日本政府の代表だった。全権の徳川貴族院議長、加藤友三郎海軍大臣の二人。さらに二人を出迎えた幣原喜重郎駐米大使も代表に名を連ねている。

「これからこちらはもっと冷えますよ。会議が進展する頃は厳冬です。まあ青森並みには冷えます。さあ身体が冷える前にさっさと大使館に参りましょう」

幣原大使の言葉に徳川議長と加藤大臣は頷き歩み出した。

会議に出席する全権達が駅頭に待たせている車に向かい始めた頃、列車からひっそりと一人の男が降りてきた。普通の背広姿のその男に、残っていた二人の軍服の男が歩み寄った。二人共黒い海軍の制服に身を包んでいた。

背広の男は少しだけ背筋を伸ばし、小声で言った。

「海軍大尉島村優、大正十一年十一月一日付をもちまして在米日本大使館に着任しました」

「島村大尉御苦労、極秘任務への志願感謝する」

そう言ったのは、永野修身海軍大佐。日本帝国海軍の駐米武官である。

「よろしいのですか、このような出迎えをして。自分は武官として赴任して来ていません。アメリカ側に警戒されるのでは」

私服姿、つまり通常の軍務に服していない島村が細い目で永野と補佐官を見つめて聞いた。

「貴様の身分は、日本帝国大使館海軍武官付通訳補佐だ。書類上も民間人となっている。我々が来ていても問題はない」

島村は、なるほどと頷く。

三人も荷物車でポーターから島村の荷物を受け取ると外に停まる大使館の車へと向かった。待っていた車は日本では見たこともない立派なキャビンと座席を持つ代物だった。デューセンバーグという車らしい。島村は、やはりアメリカは凄いなと内心で呟いて車に乗り込み、そのまま大使館へと向かった。

その夜は歓迎のレセプションなどもあったが、島村は翌日には海軍武官室で永野と向き合い『仕事』の話を始めていた。

「やはり海軍工廠を調べてみるのが早いと第一局では考えており、自分もこのままポーツマスに向かいたいと思っています」

「軍令部がその意見なら、まあ良いのではないか。どうせ海軍軍令部長のお墨付きは既に貰ってきておるのだろう」

島村は小さく頷いてから続けた。

「各種の手配をお願いします。自分の英語力でも可能と思われますが、行動の序盤に関しては大使館側でも把握しておいて頂いた方が良いとも思いますので是非にお願いします。アメリカの防諜はかなり進歩しておると伺ったので、危ない行動は端から控えたいと存じます」

島村の言葉に永野が微笑んだ。そして彼の視線が舐めるように島村の身体を上から下へと動く。その間、島村は直立不動で表情筋一つ動かさない。

永野が頷き口を開いた。

「判った。その申し出は、こちらの意向にも叶う。軍令部が我々の頭越しに貴様を動かすのではと思っていたのだが、どこか別の箇所で知恵を吹き込まれたな。アメリカかぶれの山本中佐の息のかかった新鋭だけのことはある。切れる上にそつがない。気に入ったぞ。儂の所に引き抜きたいな。おぬし任務が終わって帰国したら儂の部下にならんか」

島村は表情一つ変えずに返答した。

「人事は、上の意向で決まること。ここで大佐に言われましても、何とも答えようがありません。自分はあくまで帝国海軍の一士官、此度(このたび)の任務を全うすることにだけ専心したく、大佐の戯言は聞かなかったことに致したいと存じます」

上官に対しこれだけの言を叩ける男もそうは居るまい。

永野大佐は、すくっと立ちあがると島村の肩を叩きにやりと笑った。

「ポーツマスまでの切符と宿はすぐに手配してやろうじゃないか。貴様の気骨大いに気に入った。別段人事にちょっかいを出そうなどという気はない。純粋に貴様の手腕と人柄を欲しただけだ。帝国海軍の将来が掛かった会議、貴様の報告が役に立つよう頑張ってこい島村大尉」

私服であることを忘れ、島村はさっと腰を曲げ頭を下げ永野に敬礼をした。

翌日には本当に切符が用意され、宿が取れたと島村に告げられた。

こうしてワシントンＤＣを後に、遥か北の軍港ポーツマスに島村優大尉が密偵として向かったのは、彼が「バッカス」でクリスタの名を知った一週間前の出来事だった。


食事を終え、島村が店を出ようとする時、クリスタが彼を追ってきて告げた。

「忘れものよシマムラ、テーブルにこれが」

クリスタの手には懐中時計が握られていた。

「あ……」

とても大事な物だった。兵学校の卒業記念に父から贈られた時計だ。

「ありがとう、一生恩に着るよ。それは命の次に大切な時計なんだ」

クリスタが明るく微笑んだ。

「何言ってるの、忘れ物を届けるのは当然でしょ。私は、この裏町の人間とは違うの、自分の神を持っているから、きちんとした古の神を」

そこでクリスタは口を島村の耳元に寄せてきた。島村はドキッとしたが、クリスタは低く囁くような声で真剣にこう告げた。

「この町の人はよそ者には強い敵意を持っているから、あなたも気を付けた方がいいわシマムラ」

島村はクリスタを振り返り小声で訊こうとした。顔が近く、胸がどきっと強く鼓動した。詰まりそうになる喉から、島村はようやく言葉を吐く。

「君も、その、よそ者なのか?」

クリスタの言葉にあったYou tooという単語に気付いて島村はそう訊いたのだった。

彼の問いに、クリスタはこくりと頷いた。

「そうよ、この町でも、何処に行っても私はよそ者。でもそれは仕方ないのよ。流れる血はどうにもできない……それより、あなたには気を付けて欲しいの。この町の危険さをきっとあなたは気付いてないから」

そこでクリスタは一度視線を下げ、驚くほど小さな声で言った。

「彼らはとても過激な差別主義者なのよ。この辺りに住むほとんどの者が……」

島村は、まだその言葉の真の意味を理解できていなかった。彼女の言う彼らの正体が何を指すのかを。だが、クリスタの深刻そうな声に気おされ、小さく頷き応えた。

「気を付けるよ、なるべく」

島村はしかし、クリスタの言葉の内容より、彼女と会話が出来たことに大きく気を取られていた。店から宿へ向かう島村の口元に、かすかに浮かんだ喜色がそれを物語っていた。

3

島村がクリスタと初めて言葉を交わした翌日、ポーツマスには白い結晶が空から舞い降り、一面がその白いベールに覆われた。

港はほとんど動きを止めていた。荷下ろしの船も少なく、作業員はほぼ見当たらない。それでも造船所は白い煙と蒸気を立ち昇らせている。見張るには好都合かもしれない。島村はそう思い最適な箇所を求め人気のない埠頭(ふとう)を探索した。

一棟の廃倉庫を見つけた。とても古い多分南北戦争の頃に建てられたであろう煉瓦(れんが)の倉庫は、扉も半ば朽ち窓の木枠も外れがらんとした内部が外からも見る事が出来た。時折窓から雪が吹き込む。身体が芯から冷えるのに耐えながら島村は海軍工廠の様子をそこで窺う。

工廠は軍港に隣接しているが、この雪の降り止まぬ中その軍港付近で慌ただしい動きがあるのに島村は気付いた。

「あれは、新型の駆逐艦……」

二隻の小型の軍艦、恐らくは水雷艇と思しきものを従え駆逐艦が外海の方向に進んでいく。

「試験なのか？　こんな天気、こんな時間に出港するとは実におかしい」

現在アメリカには何も危急の事態は無いと大使館では示唆(しさ)された。奇妙な動きだ。

「いや、どうみてもあれは臨戦態勢。試験じゃない、荒天での軍事訓練だ。条約の縛りのない駆逐艦の装備を急いでいるという事か、これは報告しないといけない案件だ」

雪にかすむ視界の中でも各艦の武器に水兵が待機しているのを見逃さなかった。じっと息を潜め凍える倉庫で見つめる島村の前で、小さな艦隊は湾口を目指して姿を消した。何処に行くのかなど此処から探れよう筈もない。だが、その動きがひどく不気味に思え島村は急いで記録に留めなければいけないと、手帳と万年筆を取り出し見た物を正確に記録し始めた。

その手帳に視線を落としているまさにその頃、埠頭の一角から彼を見つめている人影があることに島村は全く気付かなかった。

黒っぽいその人影は、島村の存在を確認するとゆっくりと物陰に移動した。自分が見つめられているのに気付かぬまま、島村は陽が傾く午後三時半頃まで工廠を見張っていたが、先ほどの駆逐艦と水雷艇の小艦隊以外に大きな動きはなく、雪も激しくなってきたので監視を切り上げる事にした。町まではまた少しの道程であったが、雪を踏むごとに靴底は重くなり、宿付近に着くまで前日より倍の時間が掛かってしまった。

周囲はすっかり日が暮れて、まばらな街灯の灯りも降り続ける雪でその足元くらいしか照らさない。島村は躊躇することなくクリスタの居るバッカスへと足を向けた。

店の入り口上の電球のほの暗い光を、降り止まぬ雪の影が過る。店のドアを開けると、温かな空気が頬を撫で、一歩踏み込むとクリスタの声が島村を迎えた。

「いらっしゃいシマムラ、こちらへどうぞ」

クリスタは島村を店の奥の席へ案内した。

「またいつもみたいな感じでいいよね」

島村が口を開く前にクリスタが言ったので、島村はこくりと頷いた。店の暖房で体のあちこちに積もっていた雪が溶け、外套が気持ち重くなった。

座ったまま外套を脱いでいると、カウンターにいつも座っている労働者風の客たちが何かひそひそと話しているのが聞こえた。

「……の姿が見えねえ。もしかして今日あたりやばいのかもしれねえ」

「あいつ犬かもしれねえ〟って噂があったな」

明らかに彼らは浮足立〟っていた。そう言えば昨夜は三人いたはずの客は二人しかいない。

軍人として、五年前欧州での大戦に参戦した経験のある島村は、身近に迫った危険を嗅ぎ付ける能力を身に着けていた。その彼の鼻が、何か良からぬことが起きると告げていた。

どうした？　何が起きるというのだ？

軽い混乱を覚えながら島村が店の中を見回す。

その時、店の扉が勢い良く開いた。一瞬皆が緊張した直後その声は響いた。

「悪い、親方に捕まって遅れちまった」

三人組の一人が息も荒く店に入って来た。薄く汗をかき雪の中を駆けてきたようだ。

店の中の緊張は一気に解けた。

「なんだよ、遅れるならそう言えよ。心配しちまったじゃねえか」

カウンターの男の一人が、少し硬い作り笑いでそう言って入ってきた男を迎えた。

空気が和(なご)んだようなので、島村も緊張を解くと、そこにクリスタがスープを運んで来た。

「どうしたのシマムラ、少し顔が怖いよ」

クリスタが心配そうに大きな目で島村の顔を覗いてきた。島村は、胸がどきっと苦しくなるのを覚えた。クリスタの顔がすごく近かったからだ。

思わず椅子の背に上体を引きながら島村が首を振った。

「な、なんでもない」

クリスタが、顔の距離を離した島村の動きを見て、何かに気付いたようにはっと息をのみ一気に頬を赤らめた。

「そ、そう、ならいいの」

クリスタが手で口元を押さえ席を離れようとした時だった。先ほどよりもっと激しい勢いで店の扉が押し開かれた。突然の事で、店の中に居た人間は誰も反応できず動きを止めた。

瞬く間に店の入り口から灰色の外套を着た男たちが何人も飛び込んで来た。

島村には何が起きたのか理解できなかった。しかし、店の主人と常連客達は即座に理解したようである。

「禁酒法取締官だ！」

カウンターの中の店主が叫び、すぐにカウンターの下に身を隠した。三人組の客は、奥の従業員用の通用口に向かって駆け始める。

その彼らに向かって駆け込んできた男たちは叫んだ。

「貴様ら動くな！　撃ち殺すぞ！」

彼らの正体がもし店主の言うとおりなら、この口上は少しばかりおかしいものだったのだが、島村の知識と英語力ではそれを見抜くことはできなかった。

「シマムラ！　こっち！」

いつの間に近くに来ていたのか判らぬが、クリスタが島村の腕を掴みグイっと引いた。

その時、駆け込んできた男の一人が店の奥、島村の方を見て叫んだ。

「いたぞ！」

クリスタに引かれるまま立ち上がった島村に二人の捜査官らしき男が迫った。

「おい！　東洋人動くな！」

その直後だった。

「皆、逃げろ！」

カウンターの下に身を潜めていた店主が、いきなり手に銃身を短く挽き切った散弾銃を持って立ち上がった。

店に駆け込んできた者たちに緊張が走り、幾人かが腰のホルスターに手をかけ拳銃の銃把を握った。

躊躇することなく店主は天井に向けて引き金を引いた。

銃身の短い散弾銃は通常より早く弾丸が広範に広がる。その散弾は三個ある照明のうちの二個を瞬時に割った。

一気に店内がほの暗くなった。

捜査官たちは舌打ちしつつ拳銃を取り出し、これまた躊躇なく店主の方に銃口を向け射撃を始めた。数え切れない銃声が耳を弄する。

その間に三人組の客たちはもう裏口に姿を消していた。島村もその裏口に走ったが、捜査官たちは躊躇うことなく彼らに銃口を向けた。

「止まれ東洋人！」

間違いなく島村にかけられた言葉だ。他に東洋人などこの店に居ない。この時はきちんと男たちの言葉が理解できた。「東洋人(オリエンタル)」という響きは耳に入ったのに意味に結びつかなかった。だが今ははっきりわかる。こいつらは自分を拘束しようとしている。瞬間的に島村の脳裏をよぎったのは、クリスタを巻き込んではいけない、という一事であった。

「クリスタ！」

島村は彼女の手を振り解こうとした。

「ダメ！」

だが彼女は信じられないほどの強い力で彼の手を握っており、軍人として鍛えてきたという自負のある島村でも振り解くことが出来なかった。

一瞬の空隙(くうげき)がその応酬の間に生まれた。無警告だった。一発の弾丸が島村の左肩に食い込んだ。激しい衝撃で体が揺れた。

最初鋭い痛み。続いて焼けつくような痛みが体の中に走り島村は悲鳴をあげた。

クリスタがグイっと島村の腕を引き寄せ、彼の胴に長い腕を回し心無し短い指でそのわき腹をガシッと掴むや、信じられない力で彼を引き摺り店の奥に駆けた。

拳銃を握った捜査官たちが二人を追おうとしたが、クリスタが咄嗟(とっさ)に倒した箱に行く手を阻(はば)まれた。箱からこぼれた液体から強いアルコールの臭気が辺りに満ちた。島村を抱えたクリスタはその間に店の裏口から出て路地を駆け進む。

撃たれた事で、島村は自分の体力と意識が急速に抜けていくのを感じた。自分の足で駆けていないので、文字通り宙を浮かぶ感覚で意識が朦朧とし、時間の感覚が曖昧になった。

「大丈夫、私が助けるから」

クリスタの声を耳にしながら、島村は自分が何処をどう逃げているのかも判らなくなっていた。

島村の耳に、雪の道を駆けるクリスタの足音が奇妙なリズムで聞こえ、意識はどんどんと夢想の世界へ転がって行った。クリスタの足音は凄く間延びした、まるで跳ねているかのような長い間隔なのに一定のリズムを伴ったもので、それがまた島村の意識をひどく遠くへと誘いかき消していくようにも思えた。いずれにしろ、彼はそこで暗黒の中に没入したのだった。

4

島村は長い夢を見ていた。

故郷の蔵前にほど近い浅草の祭、幼い自分がその人ごみで親とはぐれてしまった。大人の影で前の見えぬ街を彼は彷徨い歩く。すると、視界を閉ざしていた大人の背がふいに割れ、細い隙間が長くできた。その向こうに長い髪を揺らす異国人の風貌を持つ女性の姿が見えた。

誰だったろう。凄く胸の中に迫る何かを感じた時、再び大人たちの行列が視界を遮った。

待って、あの人は……

大人の人波を掻き分けようと手を伸ばした瞬間、周囲の景色はいきなり戦争中のシチリア島の港のそれに変わっていた。遥か向こうにオリーブ畑の丘が見える。港には日本から遠征してきた水雷部隊の駆逐艦が何隻も停泊している。

島村は、その駆逐艦の中の一隻、自分が水雷長を務めたその艦の上で部下たちと必死に爆雷の整備をしていた。部下たちは信管の抜かれた爆雷を磨く。

味方の連合軍の輸送船団を守る切り札。ドイツのUボートに対し最も有効な武器である爆雷は、この地中海で船団護衛を任された日本海軍にとって一番丁寧に整備をしなければならない兵器であった。

抜き取られた信管を調べる島村は、ふと背後に視線を感じ振り返った。埠頭で一人の女性がこちらを見ていた。

遠すぎて顔は見えない。だが、そのひょろっと背の高い姿に何処か見覚えがある。あれは、誰であったろう……

いきなり景色が歪み、気付くと高等小学校の教室で一人立たされ黒板の古文を朗読させられている若き日の自分を、その上から俯瞰（ふかん）する自分がいた。遠く陸軍の麻布連隊の放つ午砲が聞こえると、学友の皆が校庭に出ていく。教室の自分はまだ大声で朗読を続け、それをまたもう一人の自分が見下ろす。

空中に居る島村と、教科書を読む島村、両方に意識が有りそれぞれの思考が同時に頭に流れ込む。(同じ所で閊えるからやり直させられるのだ。そこはゆっくり吟じればいい)見下ろす自分が自分に言うが、声は掻き消え届かない。

教科書を読む自分は、歪んで見える漢字の羅列に次第に焦燥を覚え、きちんと読み解けない事にどんどん心を追い込まれ、心臓が打つ鼓動は駆け足の時のそれと変わらぬ速さに変じていく。空中の島村は腕をもがき、教科書を持つ自分に近付こうとするが、距離は縮まらない。その宙でもがく島村の視線の隅に、教室の入り口の引き戸をわずかに開き中を見つめる人影が映った。

長い髪が揺れている。女性独特の細くそれでいてふくよかな曲線を持つ半身が見えていた。いつもあの女性の影が自分には……

そう思い浮かべた直後、目の下に居た若い十三歳の島村は、何処とも知れぬ大きな海原の只中で、その海面に立って教科書を吟じていた。

海の上だと……

宙に浮いた島村は呆気にとられた。やがて教科書を読む若い島村の足元で海面は白波がたち、大きなうねりが彼の姿を取り巻く。いや彼を中心に大きくうねり渦を作っているのだ。

その波の動きを空中の島村が認識した直後、立って教科書を読んでいるのは海軍の軍服を着た己に変じていた。軍服、そうあれは海軍兵学校の制服……

空中の島村が目を凝らした。眼下の彼が吟じているのは。もう古文ではなく兵学書に変わっていた。アルフレッド・マハンの著書の海上権力史論。邦訳もあるが島村は原書を吟じていた。稚拙だ。まだ英語が身に付いていない……空中の島村が何処か恥ずかしい思いを抱く。

その間にも、眼下の自分を取り巻く波のうねりはどんどん激しくなり、本を構え立つ島村の身長よりも高い波が重なり合い飛沫を立てていた。だが眼下の島村は微動だにしないが、激しい波は今にも彼を飲み込みそうだ。

（もういい！）

空中に居る島村は、眼下の彼に警告を与えたかった。立ち去るべき時だ。そこに居ては！波が大きく盛り上がった。その波間から、何か黒いものが、触手のような軟体動物の足のような、それでいてとてつもなく大きなものが伸び、眼下の島村に迫った。

（危ない！）

声は少しも出てこない。再び宙に浮く島村は腕をもがき下に降りようとするが、どんなにじたばたしても身体は沈んでいかない。思い切り伸ばした手の下で直立した自分の身体に黒い触手が絡みつき、いつの間にかその全体がどす黒く変色していた海のうねりが、魔界へ誘う翼がごとく島村の身体を飲み込んでいく。

そしてついにその黒い海が島村をすっぽり包み最後に残った首のみが海面から覗くだけになった。そこで眼下の島村は初めて天を仰いだ。自分自身の顔は島村の存在を認識し、海の中の島村の口が何かを告げるように大きく開いた。

最初の一言が濁音らしいのは口の動きでわかった。しかしその声が耳に届く前に彼は海の中に吸い込まれて行った。宙空の島村が腕を伸ばしその消えた自分を掴もうとした。届かぬ腕が空を掴み、心の中で何かが爆発しようとした瞬間だった。

誰かの優しい手が島村の背を抱いた。僅かに力のこもったその手が、島村の身体をゆっくりより高い空へと引き上げる。驚き振り返る島村の目に、その顔が映った。

丸い大きな瞳でこちらを心配そうに見つめる顔は、夢の中で何度も彼を見つめていたそれと同じものだった。

私は彼女を知っている。島村は、全く言葉を発せずもどかしさに悶えていた口をもう一度無理やりに開き、思い切り声を出そうと力んだ。

声は出た。

「クリスタ……」

現実の声としてそれは島村の耳にも届いた。

いきなり脳内の不定形な世界から、現実の視界へ意識が切り替わり、島村はゆっくり目を開いた。ぼやけた視界に夢の中と同じ顔が見えている。自分では絶叫したつもりだったその声は、蚊の鳴くほどにか細く頼りなく、そしてかすれたものだったと悟った。

しかし、その言うべき名前は間違ってはいなかった。擦れ消え入りそうな声でもう一度島村は彼女の名を呼ぶ。

「クリスタ……」

ああ、彼女はずっと自分を見てくれていた。自分を、ずっと過去から……

ぼやけた頭の中で島村は安堵を覚え、目の前の女性の瞳をかすむ目でじっと見返す。クリスタの口がゆっくり開き応えた。

「シマムラ、意識が戻ったのね、よかった」

クリスタの瞳の端に、何か光るものが流れたが、ぼやけた島村の視界ではそれが何であるかは判らなかった。流れ出た光は、筋となりクリスタの頬を伝う。島村の手をずっと握っていたのであろう彼女の手が、強く強くそれを握り直し、クリスタはもう一度呟いた。

「本当に良かった……」

島村が自分が銃で撃たれたのを思い出すまでには少しの時間がかかった。そして、目覚めたのはその撃たれた日から三日も経ってのことだと知り、改めて自分の命が危険な状態であったことを悟ったのであった。

傷を負った島村が、ようやくまともに考えることが出来るようになったのは撃たれてから五日目の事だった。時折傷の痛みで意識が飛んでしまうのだが、すぐにクリスタが何かの薬を飲ませてくれて、そこで痛みは薄らぐのだが代わりにぼっと頭に霧がかかり時間の感覚がおかしくなる。

そんな夢うつつの状態で何とか聞き出せたのは、ここがクリスタの住む部屋であることと、店に踏み込んできた官憲にバッカスのマスターは逮捕されいまだに帰ってこないこと、クリスクリスタは勤め先を失い、ずっとここで自分の看病をしていてくれたという話だけだった。

クリスタは、相手は役人だとしか言わなかったので推測するしかないが、皆は「禁酒法の取締官」だと言っていた気がする。禁酒法の取り締まりで安易に発砲する。そんなことがあるのか、異邦人の島村には判らなかった。

少なくとも日本の警官なら、まず相手を取り押さえようとするだろう。お国柄という事なのだろうか。打ち砕かれた鎖骨の痛みに耐えながら島村は考えた。

状況的に見れば、自分は不幸にもアメリカの官憲の手入れに巻き込まれ負傷したと考えるべきなのだろうが、どうしても気になったのは踏み込んできた捜査員が漏らした言葉だった。

彼らは明らかに自分を指して「東洋人」と叫んで捕まえようとしていた。禁酒法取締官が自分に何の用がある？

いや、用など有るわけがない。だとしたら導き出される答えは一つしかない。彼らは禁酒法の取締官などではない。痛みにうずく左肩を押さえたまま、島村は歯ぎしりした。

自分は何処かで失策をした。

アメリカの戦争省、あるいは司法省の手先、とにかく自分の諜報活動が露見したのだ。彼らは最初から自分を目標に店に踏み込んできたのだ。だから、躊躇なく自分を撃った。拘束するための手段など選ばないのは、彼らが一般犯罪者よりも高度な相手を専門に扱っているからだ。結論から言えば、巻き込まれたのは自分ではなく逆に店にいた他の人間だったのだ。

なんという事だ。

自分はクリスタを巻き込んでしまった……。島村は無理やりベッドの上に身を起こした。

痛みは酷いが何とか起き上がれた。ここを離れなければ、これ以上彼女に迷惑はかけられない。ベッドを抜け出たが、足には力が入りきらず島村はよろける。壁に手をつき置いてあった椅子の背を掴み、何とかドアに近付いた時、その向こうから聞き覚えのある声が聞こえてきた。クリスタの声、誰かと話をしてるらしい。

「ありがとう、お金は今これしかない。足りなかったら働いて返す」

「良いか、この薬を持ってくるだけで危険なのが判っているか、こいつを手に入れるのにマーシュの家に借りを作ってる。いずれはお前もあの方の元に仕えなければならぬ血筋だと判っているか？　いつまでもここには居られないのだぞ。他の人間に関わってなどいる場合か」

ひどくごぼごぼとしてこもった男の声だ。何の話をしているのだろう。島村は動きを止め聞き耳を立てた。

「放っておけない。あの人は確かに、私たちと違う普通の人間だけど、どこか放っておけない何かを感じるの。だから、助けたいの。血に逆らえないのなんてわかっている。もう私は変わってきている。それでも、私をまっすぐ見つめ返してくれたあの人を放っておけるほどに、あの町の人たちのように他人に無関心では生きていけないのよ」

「偽りの心だ。お前は人間に憧れているだけだ。ダゴンの教えに従い異教徒とは交わるな」

いったい何の話だか分からない。しかし、男の言った最後の言葉に何処か聞き覚えのある懐かしい単語が含まれているのに気付いた。確か親の故郷の島で……

「ダゴン……、確かにあそこで聞いた言葉だが……」

無理して立っていた島村は、急に足の力が抜けその場にドサッと膝をついた。その音が外に漏れたのだろう、クリスタが慌てて扉を開いた。扉の外にはもう一人、島村の印象に従うならまるで蝦蟇（がま）のような風貌の男が立っていた。

ひどくガニ股で、丸い目がぎょろりと彼を見下ろしている。

「まだベッドから離れちゃダメ。今薬を手に入れたから、これを呑んで眠っていて」

クリスタはそう言って島村を助け起こした。気のせいだろうか、その瞬間強く磯の匂いを感じた。

ベッドに戻された島村は薬を飲まされ、またしても翼の生えた心地で思考の不安定な世界に誘われた。男はいつの間にか消えていた。ぼやける頭の片隅で島村は気付いた。

これは、麻薬だ……

しかし、薬に抗（あらが）う術（すべ）を彼は持たなかった。

抜け出さねば、まず大使館に連絡を取り……

そこから先、もう島村の考えはまとまることが不可能になっていた。

5

駐米日本大使館にその電話が入ったのは、まさに海軍軍縮会議が始まろうという十一月十一日のことであった。折しも第一次世界大戦の戦勝記念日にもあたり、アメリカの首都は朝から賑わいに満ちていた。

パレードには日本の武官も参加する予定であり、陸海軍の各武官は正装で出勤していた。電話を受けた書記官が黒い軍服姿の永野にその内容を報告した。

「あなたの荷物は此処にあります。残念ながら壊れてしまい動かせません。そう言った後に此の住所を」

永野はメモを見ながら聞き返した。

「間違いなく私宛なのだな？」

「はい、声は低く変にくぐもっていましたが女性のものでした」

じっとメモを見た永野は、すぐにその意味を理解した。動かせない。いや、自分で動けないということなのだな島村大尉。これはまずい。

「すまないがすぐに行動可能な大使館員と兵を集めてくれ」

永野はメモを手の中で握りしめ、窓の外を見ながら呟いた。

「まずいぞ、彼を救出しないとこの会議に……」

大使館から数人の男が慌ただしく飛び出して行ったのは、それから数時間後だった。その姿を見つめ、永野大佐は、心なしか青い顔で呟いた。

「間に合ってくれ」

心で神に祈るが、倭(やまと)の神の住まう地は遠く隔(へだ)たり、この異国からの祈りが届くのかは定かでなかった。


ポーツマスの海軍基地の一角で、一人の背広の男が数人の軍服の男を前に手を後ろに組み起立していた。まだ若い二十代後半と言った顔立ちなのだが、すごく鋭い目をした男だった。

「取り逃がして一週間か、その後の捜査に進展はあったのかねフーヴァー副長官」

大佐の階級章を付けた年配の男が椅子にふんぞり返って、立ったままの背広の男に訊いた。

「無論、それが私たちの本職ですから捜査は着実に成果を上げていますよ大佐」

男は、司法省捜査局(BOI)の副長官で、まだ若干二十八歳の俊英だった。しかし、いくら有能で役職が高いとはいえ、まったく所管の違う軍の高官から見たらただの若造である。海軍大佐は慇懃に言葉を続けた。

「だが、逮捕してから一週間たっても店の主人は何も役に立つ証言はしておらんのだろう。少し尋問の質を変えたらどうかね」

　しかし若い捜査局副長官は、スパッと答えた。

「我々は前時代的な拷問には頼りません。ここに来て探るべき方向性が誤っていたと気付かされたのです。もう手は打ちました。海軍を探っていたネズミは間もなくその尻尾を我々が捕まえてみせます」

　大佐が「ほう」と小さく声を漏らしてから聞いた。

「自信があるようだな、本当に何か掴んだようだな」

「ええ、我々は店から逃げた者たちを徹底的に追っていたのですよ。謎の東洋人を含む全員をね。その結果三人の工員を特定し昨日拘束しました。彼らの証言からあることが判ったのです。後は、そこから導かれた推論が正しいかを確認しに行くだけです」

　数分後、不敵に笑って部屋を出て行く男の背を見送った後、大佐は側近の士官たちに言った。

「まあ、彼らがネズミを捕まえられずとも、その親ネズミの見当などとっくについている。戦争省の情報課に日本大使館を見張るように進言してある。いい加減結果が出ている頃だ。良き戦術なら現場指揮官でも判断できるが、より高みを目指すなら戦略を駆使出来ねばならん」

　士官たちは黙って大佐に相槌（あいづち）の頷きを返した。

「せいぜい司法省のお手並みを拝見と行こう。もしネズミを捕まえられたら、それが海軍軍縮会議にとって大きな切り札になるだろうからな。さあワシントンに監視の経過を聞いてみよう」

大佐は卓上の電話機を引き寄せ、受話器を握ると何度もフックを叩き忙しく交換手を呼び出した。やっと出た交換手に大佐は低い声で言った。

「遅いぞ。すぐに戦争省海軍局の情報部へ繋げ」

接続に時間が掛かるので大佐は一度受話器を電話に戻す。腕組みで大佐が電話を待っている間、彼の部屋を辞したフーヴァー捜査局副長官は、建物の外で車に乗って待っている部下の所にたどり着いていた。

シボレーのツアラー、ごく平凡なそれでもT型フォードよりは頑丈で足が速いので公用に広く用いられている車の助手席に乗り込むフーヴァーにハンドルを握った部下が言った。

「早かったですね」

「子供の使い同然だ。迅速に終わらなければ困る。海軍の要望にさっさと応えて本来の仕事に復帰しないといかんしな」

部下は肩をすくめながらギアを操作し車を発進させた。

「でも副長官、何故我々が海軍の手助けをするのですか？」

部下が小首を傾げながら聞いた。フーヴァーが心なしか憮然（ぶぜん）とした表情で窓の外の海軍基地の、雪に彩られた埠頭の光景を見つめながら答えた。

「先日、密造酒の運搬船と密造所の同時摘発に海軍の新鋭駆逐艦に助力をしてもらったお返しだ。借りた借りはすぐに返さないと利息が付いて大変になる。まあ、それだけのことだ」

部下は今度は完全に首を傾げて聞き返した。

「利息って何ですか？」

フーヴァーは視線を部下に向け、低い声で言った。

「首枷(くびかせ)という恐ろしい代物の事だよ。お前は軍の飼い犬になりたいか？」

部下がぶるぶると首を振って返事した。

「とんでもない」

フーヴァーが椅子の背もたれに深く背を沈め頷いた。

「それでいいぞグッドボーイ。お前は良い方の部下らしい」

それがどんな意味なのか理解できず部下は黙って車を走らせ、海軍基地を後にした。

司法省捜査局の捜査員がフーヴァーを含め三人、これに地元警察からの応援が十一人加わって、ポーツマスの裏町を進んでいた。

「クリスタ・ギャリー。パッカスの従業員の女だ。少し抜けた感じの風体(ふうてい)で、特徴としては目が異様に大きい。証言によれば、他の人物と見間違えることはまずない顔だそうだ。なんて言ったかな、ボブ」

　警官たちへの説明を止めフーヴァーが直属の部下に聞いた。

「インスマス顔ですね。ここらじゃ見かけないが、アーカムにはたまに居るそうです。そのインスマスの街の出身者独特の風貌なんだそうです」

　これを聞いてフーヴァーが、少し何かを思い出し話を変えた。

「そのインスマス、確か密造酒のルートを調べたリストに記録されてたな」

　部下が頷いた。

「ええ、ですが通常のルートとは何か違うようですし、他にも変な噂の絶えない場所ですよ。失踪者が多いとか奇妙な儀式を見たとか」

　フーヴァーが何かを感じたかのように目を細め他の者には聞こえぬ小さな声で呟いた。

「調べてみたいなその街を。敵対者かもしれん……」

　その時別の捜査員が言った。

「副長官、あのアパートの最上階ですよ」

　レンガ造りの五階建てのありふれた安アパートだった。

「裏口は無いな。一気に踏み込むぞ」

　捜査局員と警官たちはアパートの玄関に入ると、吹き抜けを取り巻く通路をつなぐ階段を一気に五階まで駆け上がった。そして、クリスタの部屋の前に来るとノックもなしにいきなりその扉に体当たりをし、掛け金ごとそれを押し開いた。

めりっという音と共に内側にひしゃげ押し開かれた扉から制服の一団が駆け込み、そのあとに三人の背広の捜査官が続いた。

「司法省だ。ここにスパイ嫌疑のかかった男がいないか捜査する」

許可証無しの立ち入り捜査は、司法省捜査局員の特権だ。これが警官ではそうはいかない。

フーヴァーは叫ぶと同時に部屋を観察していたが、それはベッドルームの他には小さなキッチンとおそらくバスルームへ続く扉以外は見当たらない簡素な部屋だった。

部屋の真ん中には目を丸くして立ちすくむ痩せた高身長の女が居るだけだった。なるほど、一目見たら印象に残る顔だ。醜くはなく角度によっては美人と言えなくもない、だがどこかバランスがおかしく、違和感を覚える。

ベッドに人影がないのは一目瞭然だった。キッチンには人の隠れる隙間などなさそうだ。すぐに目配せをし、部下にバスルームの扉を開かせた。

「いません」

部下の失望のこもった声に、フーヴァーは舌打ちする。

「おい、男は何処だ」

警官の一人が女に、クリスタに詰め寄る。

「し、知りません。私は独身です。この部屋には誰もいません」

捜査員たちに落胆の色が走る。この狭い部屋に人ひとり隠れるスペースなど有りそうもなかった。女の言うようにここに男が居ないのは確かなようだ。だが、フーヴァーの目はベッドのシーツに沁み込んだ少なからぬ量の血の痕跡を見逃していなかった。

今は居ない。だが、ここに男が居なかった訳ではない。フーヴァーはしかし、女を連行するに足る証拠としてそれがあまりに希薄なものであるとも理解していた。

追い込めない。彼の聡明な頭脳は、そう判断した。女に組織的背後があるとも思えない。しかし、嫌疑者は消えた。それが意味する答にフーヴァーは歯ぎしりした。

「畜生、海軍に借りを返せなかった。此の利子は高くつきそうだぞ」

恐ろしい顔をするフーヴァーを横目に見るクリスタは、手の中にぎゅっと握ったある物の感触に心をかき乱されていた。

懐中時計。

島村が自分の代わりにと置いて行った時計。命の次に大事だと漏らしていた時計。

フーヴァーたちは知らなかったが、島村大尉が日本大使館員によって救出され、運ばれて行ったのは、ほんの二時間前の出来事だった。

行ってしまった島村の面影を想い、沈み込む心の波にクリスタはただ立ち尽くしていた。捜査局員と警官が踏み込んできたのは、まさにそんな瞬間だったのだ。

まだ手負いの島村は、大使館の車に揺られ遠くワシントンを目指す。最後に彼の言った言葉がクリスタの脳裏に響く。

「必ずまた会いに来る！」

その言葉を信じていいかクリスタには判らなかった。だが、待っていたいという気持ちが最も自分の心に正直なそれであることにも気付いていた。クリスタはもう一度手の中の時計を強く強く握りしめた。だが運命は二人の再会に時という逆らう事の叶わぬ試練を課したのだった。

6

列車はアーカムの中央駅に近付いていた。窓からじっと景色を見つめ、島村は膝の上で記していた手帳を閉じた。

この国に戻るのにとても長い時間と苦労が必要だった。島村は手の中の切符を見た。表面には04.01.28という数字がスタンプされていた。

七年も経ってしまった。なんとかアメリカには戻れたが、クリスタの行方はまだ知れない。休暇を利用し何とかここまで来た。この先彼女を探し続けるのには大きな試練が待ち構えているのを彼は感じていた。

彼はずっと自分に向けられている視線があるのを感じていた。手帳をポケットにしまった島村は胸中で呟いた。

『山本大佐申し訳ない。自分は日本帝国海軍に背を向けざる得ません。それほどまでに、この胸に燃える気持ちは抑えがたいのです。彼女を追うには、彼らを撒く必要があり、自分は公務には戻れなくなるでしょう……』

列車はホームに入るための最終減速に入った。クリスタと別れたあの日よりも歳を重ねた島村の眦に、固い決意の色が浮かんでいた。


凍てつく風の吹くワシントンのポトマック川の畔を、一人の日本帝国海軍軍人が私服のアメリカ人と共に散歩をしていた。

「色々教えて頂いて感謝します」

軍人が言うとアメリカ人は小さく頷いた。

「良き友人として貴方の好奇心が満たされるのを見るのが好きなだけですよ山本大佐、お別れするのが残念です」

「いや、まだ帰国には二ヶ月ほど猶予があります。教授にもまたお会いできますよ」

「そうですか、帰国の手伝いに何人か若い方が来たと聞いていたので」

山本が頷いた。

「引き継ぐべき案件が膨大なのでその為に早めに人員を手配したのです。まあ、それはともかく教授の次の経済学講義を楽しみにしてますよ」

背広の男はにこりと頷き白い顎髭を撫でた。

その時、土手の方から一人の日本人兵士が慌てた様子で駆けて来るのが見えた。

「おや？」

兵士に気付いた背広の男が視線を向ける。兵士はまっすぐに山本を目指していた。山本の目つきが険しくなった。駆けてきた兵士は日本語で彼に告げた。

「大佐、事件が起きました。大使館にお戻りください」

山本は頷き、背広の男に向き直った。

「フィッシャー教授申し訳ないが用事が出来ました。今日はこれで失礼します」

背広の紳士は大きく頷き手をあげた。

「ではまた会う日を楽しみにしているよ、山本大佐」

去っていく山本の背に向けフィッシャー教授をゆっくり手を振った。山本と兵士には教授を振り返らず足早に川辺を立ち去り車に乗り込み、三十分後には在米日本大使館の中に居た。

「大佐の帰国補助士官の一人が姿を消しました。休暇願を出し北に向かったのは把握していたのですが、そこでぷっつりと消息を絶ちもう三日連絡が取れていません」

一等書記官の説明に山本は表情を曇らせた。

「それは島村少佐ですな」

書記官は頷いた。山本が「うーん」と唸り声を出してから言った。

「日本で執拗に渡米を懇願していると聞いた時から懸念していたのだが、危惧が現実になってしまった」

「どういうことですか」

何か事情を知っている様子なので書記官は山本に聞いた。

「彼は六年前にアメリカの来ており、そこで事件に巻き込まれ上層部の判断で強制的に帰国をさせたのだ」

書記官は何か心当たりがあるのか「あっ」と呟いた。

「もしや諜報活動に失敗して大怪我を負ったという士官ですか？」

「その通りだ。アメリカの官憲に手傷を負わされたのだ。身元は知られずに済んだと情報局は判断したが、当時の駐在武官の永野大佐、今は少将だったな、その永野武官が彼の怪我を理由に事件を追及されたら言い逃れが難しいと帰国を命じたのに、頑として受け入れないので軍令部に辞令を出させたのだ」

「今回、その彼が何故渡米要員に選出されたのですか？」

「恥ずかしい話だが、海軍には英語に堪能な士官が不足しておるのだ」

山本の言葉に書記官が、仕方ないですねと言った感じで頷いた。

「とりあえず誰か手隙の者に捜索を命じるか」

山本がそう言った時だった、いきなり扉が開き男が入って来た。

「そうもいかんぞ山本大佐」

入って来たのは松平恆雄駐米大使。続いてもう一人、陸軍の軍服を着た男も入って来た。

「山本大佐、我が国が張り巡らせていた諜報網に思わぬ情報が引っ掛かりました。どうやらアメリカの戦争省と連邦捜査局が島村少佐の足取りを追っているようなのです」

軍服の男は、陸軍の駐在武官補佐を務める栗林忠道大尉だった。陸軍は、アメリカに既に大きな情報収集のための諜報網を作り上げていた。主に民間の日系移民による情報提供だったが、中には政府の内部に食い込んだ白人の協力者もいる。どうやらそこから齎された情報のようであった。

「まさか、かつての諜報活動に島村が携わっていたのが露見したか」

「他に理由は無いでしょう。どうやって調べ上げたかは分かりませんが、このまま放置はできないんじゃないですか。アメリカ側に捕まる前に島村少佐を捕まえないと海軍はまずい事になるでしょうから」

陸軍軍人である栗林は、婉曲にこの件の責任は海軍にある、万一の際は陸軍は傍観するとほのめかした。山本にはそれが脇腹を刺されたかのようで面白くないが、栗林の言うように島村が捕まりかつての密偵活動を吐露でもしたら、なんとか米英への協調路線を取りたい日本にはまずい事態を招来しかねない。山本が渋い顔で誰にともなく聞いた。

「島村が最後に連絡を寄越したのは何処だ？」

　これには書記官が答えた。

「アーカムです」

　山本が首を傾げた。

「それはどの辺りかね。私もアメリカには留学と武官勤め合わせれば短く無い年月暮らしているが。寡聞にして知らん地名だ」

「確かボストンから少し行った先だったと記憶しています。私は今ハーバート大学に籍を置いておりますから、マサチューセッツ周辺に関しては他の学生などの話を耳にして、その地名を知っております」

　栗林が言った。山本が松平大使を見つめ言った。

「救出部隊を組織します。大使館の全力で協力を仰げないでしょうか」

　元会津藩主松平容保（まつだいらかたもり）の六男は、大きくため息を吐き頷いた。

「文字通りの非常事態だから、ここは全面的に助力するしかないな。今すぐ動ける大使館員を集めよう」

　そこで栗林が挙手して話に割り込んだ。

「銃器の扱いに長けた人間が必要でしょう。しかし、警備の兵士を割くのは得策とは思えません。捜索隊には私が志願します」

「貴官なら多少なり土地勘もあるだろう。よろしく頼む」

「後の人選はこちらで請け負う」

　大使が最後にそう言って短い会合は締め括られ、すぐに島村優少佐の捜索隊が組織されたのだった。

7

　道沿いの木立に隠れるように止めた乗用車、日本大使館の公用車のパッカードの窓から前方の道の光景を見つめ、栗林大尉は険しい表情をしていた。

「これはどういうことだ？」

　道路が装甲車によって封鎖されていた。

　この道だけではなかった。彼ら島村少佐捜索隊の乗った車は、目指すべき町に通じるすべての道路でこの封鎖に行き当たっていたのだ。

　セーラムまで行き、捜索を始めた栗林たちは、事前にある女性の名前を調べ上げていた。かつてポーツマスから日本大使館員が島村優を救出した際、彼を匿（かくま）っていた女性。そのクリスタ・ギャリーは四年前にポーツマスからアーカムに転居していたのだ。島村は、おそらくその女性に会いに行った。栗林はそう推測し、捜索を始めたのだが、すぐに彼らは問題の女性がアーカムには居ないという事実にぶち当たった。

「一年前に故郷に帰った筈だよ」

仕事場であった店での聞き込みで、店主はそう言った。

「ギャリーさんの故郷は何処ですか」

そこで店主は少し複雑な顔をしてから答えた。

「自分では言わなかったが、あれは間違いなくインスマスの娘だ」

何故店主がそう断言したのか栗林には判らないが、それが唯一の手掛かりだった。

「しかし、あの野暮ったい女もとんだ人気者だな」

店主の言葉に栗林が訊き返した。

「どういう意味ですか、それは？」

「あんたらで三組目だ。クリスタの話を聞きに来たのは」

「！」

栗林の表情が変わった。一組は島村少佐に間違いない。では二組目とは？

アメリカの官憲に決まっている。彼らの手は間違いなく島村少佐に迫っている。そこで捜索隊は、地図を頼りにインスマスを目指した。ところが、町に通じる道路は悉く軍と警察によって封鎖されていたのだ。まさに蟻一匹通さぬ厳重なる封鎖であった。

「いったいどうなってる。インスマスで何が起きている？」

栗林は茫然とした思いで目の前の装甲車を見つめるしかなかった。

エドガー・フーヴァーにとってこの仕事は言ってみればツケの総精算みたいなものであった。

「まさかくそ重いツケを六年も貯め込む事になったとは、我ながら情けない」

煙草を咥えたままフーヴァーはそう言うと、前進していく兵隊たちの背を見つめた。

「まあこれで司法省は戦争省に頭が上がらないなんてことは無くなると信じよう。そして我が連邦捜査局ＦＢＩも独立性を保てると言うものだ」

遥か向こうから銃声が響いてくる。銃声はそれこそ各所から響いており、幽かに悲鳴さえ漏れ聞こえてきている。

「長官、我々は動かなくて良いのですか？」

部下の一人がフーヴァーに聞いた。

「グッドボーイよ、私はあの腐りきったＢＯＩをぶっ潰して、ようやく理想の捜査組織ＦＢＩを、造ったんだ。忌まわしき奴らは排除すべき存在だが、いきなり汚れ仕事に手を染める必要はない。やりたい組織がやればいいんだ」

「はあ……」

「それよりは、問題の利子を膨らませてくれた相手が、身近に居るらしいとは、何とも嬉しい知らせじゃないか。これは個人的な借りで別件だからな」

フーヴァーはそう言うと、吸っていた煙草を地面に落とし、革靴の底で何度も踏みにじった。

「軍と警察の始末が終わったら、草の根掻き分けて探させてもらおうじゃないか島村優少佐殿。君の名前を知るために一年という時間を費やし、ようやく正体を突き止めてみればすでにアメリカにはおらず落胆していたのに、何故かアメリカに舞い戻り、私が携わる網の中に自ら飛び込んで来てくれた。君が何故この街に来たのか知らんが、運命とは面白いものだ」

フーヴァーは銃声の止まないインスマスの町の方を見つめて呟くのだった。


結論から言えば、栗林たちは島村を探し当てる事が出来なかった。アメリカの官憲の厳重な封鎖は、いつまでも解かれる様子がなく、無為に時間を過ごすうち彼らの公務にも支障が出るという状態に至り、松平大使の判断でワシントンへの帰還が命じられたのだった。

インスマスの包囲はその後も続き、二月の末にようやく一部が解かれたという情報が入ったが、日本大使館から人員を向かわせる余裕は無かった。諜報組織網を使いアメリカの官憲に島村が捕らえられていないかを探ってみたが、どうやらアメリカ側も彼の影を見失ったようだという話であった。三月には日本に戻らねばならぬ山本大佐は、すっかり私物の片付けが終わった大使館の武官公室で島村の行方に気を揉んでいたが、まさに彼の事を考えている時にその書簡は届けられた。

インスマス近郊に住まう漁師だという男からの手紙だった。

官憲による封鎖が解かれ、それまで許されなかった漁に出られるようになった彼は、島とも呼べぬある岩礁の常に海上に露出した場所でそれを見つけたと言う。彼は、そこで一個の懐中時計と一冊の手帳を見つけりたのだそうだ。

その手帳の中に走り書きがあり、これを日本大使館に届けてくれたら時計は謝礼として差し上げるとあったという。

問題の手帳は書簡に同封されていた。表紙の裏に持ち主の名前が漢字で書かれていた。

島村優。

間違いなく島村少佐の手帳であった。山本は大慌てでそのページを繰った。読んでみると、それは最初こそ日記の体をなしていたが、やがてどこか奇妙な物へと変じていた。

《この国に戻れたのは彼の神の導きかもしれない。クリスタ、君にまた会えると思うと胸も高鳴る。早く公務の余暇にポーツマスに向かいたい。六年、君の面影を、潤む瞳の影を胸に耐えた日本での生活。海軍士官として恥ずべきかもしれぬこの劣情を自分は抑え得ない》

日付は島村が休暇に入る数日前、すぐに休暇後の記述があった。

《ポーツマスにクリスタは居なかった。幸いに、行き先はすぐに知れた。さあ向かおう君の元へ。だが、どうも自分の事を尾行する奴がいるように思える。おそらくアメリカの官憲だ。自

分の身の上が露見したのかもしれない。注意しよう》
どうやら島村は、自分がアメリカ側に追われているのに感付いたようだ。
《ポーツマスからアーカムまではすぐに辿り着けた。しかし、そこでクリスタの行方は判らなくなった。聞き込みを続けよう。そして、付き纏うアメリカの官憲を何とか撒かなければなるまい。しつこい犬どもだ》
心なしか字が荒くなっていた。
《自分は、ようやくにクリスタの住む町へ辿(たど)り着くことが出来た。思っていた以上の苦労の末に、ここに、帰るべき場所へ戻れた。日本で、祖母の信仰していた物の正体に行き当たり自分が運命によってクリスタと引き合わされたと再確認できた。日本にもクリスタの信じた神は残っていた。それを伝えたかった。そして愛おしかった》
ここで少し筆跡が変わり、殴り書きに近くなった。
《クリスタは、もう変貌しつつある。それでも、あの自分を見つめていてくれた瞳は同じだった。アメリカの官憲が我々を排除しようと動いている。アーカムでそれを知ったから、余計にこの地へ向かわなければならなかった。たとえまだ早いとしても、より安全なる海へ、あの凍てつく海の下に逃れるのだ。大いなる古の神の膝元へ向かわなければならない。船は見つかった。今クリスタも一緒だ》
この先は少し水に滲(にじ)み字が読めない箇所があった。

《アメリカの軍艦が周囲を動き回っている。彼らも知っていたようだ、ここがその場所だと。＊＊＊の神殿は＊＊＊＊あって、＊＊も無駄とは知るまい。今から自分とクリス＊＊＊に行く。さらにその先ル＊＊エ＊＊＊＊》

ここで不自然にページが一枚破られていた。

《これを何とか日本大使館に届けねば。山本大佐なら判るはずだ。奴らは、アメリカ合衆国は違う。ミ＊に浸透されてる。ただ単純に古い者が狩られて＊＊＊ではなく、別の目的があった。それを伝えねば＊＊＊＊たちの戦いに我が国は巻き込まれてしまう。そうなれば破滅だ。神も含め滅せられる》

唐突に話が変じたことに山本は首を傾げるしかなかったが、手帳の記述はそこで終わっているようだった。

山本がパラパラと残りの余白を捲ると、最後のページにその一文はあった。

《今、水の中に揺れる君の瞳は、何にも増して美しい。今私も行こう、その腕の中へ……私もまた仕えるべき民に変じて……》

結局島村が自分に何を伝えたかったのか山本には判らなかった。単にこの強大なる国力を持つアメリカと戦う日が来るのを危惧したのか、それとも他の何かが裏にあるというのだろうか？

しかし一つ山本が感じ取れたのは、もうこの地上に島村優は居ないという事実であった。

「海に還ったというのかね君は……栄えある海軍士官が、異国の女との情愛に滅した。それを信じろというのか、君は……」

山本は島村の手帳の事は誰にも打ち明けず、それをポケットに入れた。

一九二八年三月五日、山本五十六大佐は二度目の渡米から帰国した。彼が島村の手帳をどうしたのかは、誰にも判らなかった。

同じ日、アメリカの連邦捜査局の長官室でフーヴァーは部下の一人と向き合っていた。

「軍もだらしない。大型魚雷まで使って、結局掃討は不完全でしたとは。まあ、我々も捕縛予定者を一人も捕まえられていないからお互い様だがね。それで、議会への報告の件はどうなったね?」

フーヴァーが尋ねると、部下は全く表情を動かさずに答えた。

「インスマスには大規模密造酒工場があり、その摘発破壊は徹底的に行い、住民には組織的隠蔽の疑いもあったので離れた箇所に分散移住させたという報告書をまとめました。そして、僭越ながら自分の判断で、同所では伝染性の奇病がここ数年流行していたので、その消毒のために一部家屋を焼いたと記述しました」

フーヴァーが満足そうに頷いた。

「君は出来る側の人間のようだな。君が良い方の部下なら、彼らに会わせてやってもいい」

フーヴァーはいきなりくるりと椅子を反転させ部下に背を向けた。

「合衆国を取り締まるなら、この国の主が誰か知っておいた方がいいだろうからな、無論人間の話ではないぞ」

フーヴァーは笑った。


いつしか時代は、大恐慌、そして戦争へと雪崩れ込んで行った。

事件を知る者の多くもその波に飲まれ消えた。

海に消えた恋人たちを覚えている者など、もう誰もいないだろう。

島村がその海に見た揺れる瞳の奥に何が映ったのか、それは永遠の謎だ。

大西洋の波に打たれる岩礁も、そこで消えた者の事など忘れているに違いなかった。

岩礁にはただ、一九二八年のある日に撃ち込まれた魚雷の破裂した痕跡だけが残されていた。

■『インスマスを覆う影』と本作の位置付け

本短編の背景にある時間軸は大正末期から昭和の初めにかけてとなりますが、その物語後半で語られているアメリカでの出来事、これはほぼそのままH・P・ラヴクラフトの作品「インスマスを覆う影」（青心社刊『クトゥルー8』に収録）で知られる作品の時系列に合致させてあります。もし同作品を未読でしたら、併せて読んでみていただけると背景が理解しやすくなるかと思います。

この時代アメリカでは丁度禁酒法が末期となり連邦保安局の新設、アメリカを騒がしていたギャングたちの終焉期など複雑な暗黒要素が渦巻いていました。そこにクトゥルー世界の作品群も根を張る余地があったと思います。

同時にこの時期はいわゆる大戦間と言う大きな二つの戦争の狭間でもあり軍人たちが暗躍した時代でもありました。この二つの背景を重ね、そこにラヴクラフト世界を落とし込んだのが本作です。特にラストに関しては、本作とインスマスを覆う影は完全にシンクロしています。

作中の登場人物のうち主人公を除く日本の大使館関係者と日本軍の関係者は実在人物です。アメリカ側も名前を挙げた人は同じく実在人物。この辺も調べたら面白いかと思います。

さらにクトゥルーに詳しい方なら、最後まで読んでいただければ別の古き者の姿が透けて見えると思いますよ。穴埋めをしてみてください。

白い花嫁

浅尾典彦

神降ろしの呪文の詠唱と共に、儀式は佳境に入り、興奮した先住民たちは篝火(かがりび)に照らされながら激しく体を揺らす。

身体に響く激しいドラムの音とともに、美しく着飾った花嫁が、輿(こし)に乗せられてゆっくりと神殿の中へ入ってくる。

輿を担いでいるのは上半身裸の屈強な男たち。身体に様々な勇者の印(しるし)の文様を描き、その上に香油を塗っているので全身がギラギラと照り輝やいている。

花嫁の肌は、そこだけ月光に照らされているかのように美しく透き通り、青白く光っていた。

俺は必死で儀式を止めようとするが、身体が動かない。

喉から血を吐きそうなほど、何かを叫び続けている。

花嫁は一瞬こちらを見ると俺に気付き、微かに微笑むと、一筋の涙が頬を伝って流れ落ちた。

唇が「さよなら」の形にゆっくりと動いたように見えた。

そして、俺の見ている前で花嫁は神殿の奥から差し込む黄色い光の中にゆっくりと溶け込んでいく。

あれは夢だったのか？

俺は病室のベッドで天井を見つめた。

捜索

俺の名は狩沼京太郎。

超常現象を追い求めて世界中を旅しているミステリーハンターだ。超科学系のジャーナリストというか、ルポライターで、怪奇現象や妖怪の伝説など怪しい事件を追っている。仲間からは蔭で妖太郎などと言われているらしい。

今から五年ほど前、アジアのある半島で行方不明になった友人の捜査に行った時、俺はそこで美しい女性と恋に落ちた。

それはほんの束の間の出来事だったが、一生忘れる事は無いだろう。

場所は、原生林が多く残る緑豊かなワンパ半島だった。考古学者のグルート博士が調査でワンパ半島に入り、そのまま現地で失踪したのだ。

本来はパリ市内の古い写真スタジオで起こった怪奇現象を調査に行くつもりだったのだが、こちらが優先となった。もちろん美人モデルの幽霊も気にならなかったわけではない。

だがグルート博士捜索の件は外す訳にはいかない。彼は親友だし、仕事で何度も助けてくれた仲間だ。中途になっている共同研究もある。それに貸した金もまだ返して貰っていない。

先住民が儀式に使ったという人魚のミイラの謎を求めて調査に行ったのだ。あの時、俺も誘われたが、「どうせまた動物の死体をつなぎ合わせたでっち上げだろう」と同行を断った。ほかの案件も抱えていたし。

最後に便りが来たのは昨年のクリスマス前だった。手紙には「ミイラは本物だ。危険が迫っている。すぐに来てくれ」と書いてあった。手紙を読んだ時点では調査に行ってもう二ヶ月は過ぎている。だが放っておく訳にはいかない。俺はすぐに荷造りをして、以前グルート博士が持ってきた調査計画書を携えて現地へと飛んだ。

失踪現場のワンパ半島はかつて内戦地帯だった所で、今はパスポートがあれば誰でも入れるが、十数年前までは入出国が厳しく制限されていた地域だ。目的地はギロという集落で、空港があるワンパ半島最大の街とは山を挟んだ反対側。切り立った山と深い渓谷を越えるしかないコースは危険だというので以前は地元民さえ行くのを避けていたらしい。

観光地になった今でも海からのコースしか無く、街からギロに行くのは船で半島の先端をぐるりと周り約六時間位かかる。

ひどい船酔いに悩まされながら俺はやっとギロの港に着いた。〝辺境の地〟と言うだけあって行くだけで結構疲れる。

ただ、長年世界から孤立状態だったお陰で手付かずの大自然が残り、特に緑深いジャングルと海岸線の景観が素晴らしい。

著名なカメラマンが、写真を撮って雑誌に載せ「秘境ブーム」に乗って注目された。

グリーン・アイ財団というお金持ちの組織が早速開発に乗り出し、海上交通ルートやホテル、インフラを整備して〝ヒトと自然の新たな共存「最後の楽園」〟としてギロを富裕層に向けたツアーとして売り出したのだ。バリ島のヌサールやフィジーのプライベートビーチみたいなものだ。暇を持てあましている金持ちやスキャンダルを起こしたタレント、失墜した政治家の隠れ場所にはちょうどいい。

話を戻そう。

グルート博士の消えたここギロは、かつて古代文明があったとされる地域で先住民族のルワーネ族がいる。昔は幾つもの部族があって、争いで多くの血が流されたらしい。

観光開発は当初困難を極めたが、仲裁者を立てて村長たちと開発の責任者が話し合った結果、ルワーネ族が守る聖地ンタタ山と、ツタの洞窟や石の遺跡と石の神殿、海岸線の景観は触らない。部族の暮らしは保護するということで棲み分けが決まり、ようやく開発が始まった。

クラシックなヨーロピアン調のホテルも出来て、今はレジャーと観光業でギロの経済は成り立っている。グルート博士はどうやらこの原住民ルワーネ族と接触を持ったようだった。下調べはここまで。

まずはホテルでゆっくり休んで、明日から現地調査をすることにした。

ミミ

翌日の朝、シャワーを浴びて無精ひげを剃り、のんびりとテラスでコンチネンタル風の朝食を食べてから、フロントで現地の観光について聞いてみた。ギロは気候的には暑いが湿気は少なく思ったより快適だ。

「はい、幾つかオプショナルツアーがございます」

パンフレットを手渡したフロントのマネージャーは、彫りが深く背の高い白人男性で物腰が丁寧だった。

グルート博士の調査を始めるにしても、俺はこの土地のことは何も知っちゃいない。まずは観光客を装って情報を集めるのが手っ取り早い。

「ツアーじゃなく、ゆっくりと地元を歩いて見て周りたいんだけど」

「それならばガイドをお雇いになるといいと思います。役に立ちますよ」

「では、一度都合を聞いてみてくれ」

「かしこまりました。そちらに掛けて少しお待ちください」

俺はロビーのソファに腰かけ、パンフレットを見ながら時間を潰していると、しばらくして小柄で長い髪の女性が近づいて来た。

「ミスター・カリヌマ？」

「そうだが」

「マネージャーのパトリックに聞いてやってまいりました。現地ガイド兼通訳のミミです」

「ああ、よろしく」

ミミは目が大きく瞳はブルー。肌が白くまつげも長い。近くに来ると南洋の花の薫りがした。

「へー、君のような子もいるんだね」

「私ではご不満でしょうか？」

「いや、そうじゃない。いいんだ。座ってくれ」

ちょこんとソファに腰かけるミミ。

「仕事は、どんなことをしている？」

「はい、ホテルと契約して現地の観光ガイドと通訳などをやっております。言葉は英語、フランス語、ワンパ語などです」

「ワンパ語はギロの言葉だね。しかしなかなか綺麗な英語の発音だね、素晴らしい。どこで習ったの？」

「以前、英語の教師をされて居た大学教授がここに長期滞在され、その方にお世話になりました。後は神官様に。神官様はどんな言語でもお話しになられます」

「日本語は？　もちろん無理だよね」

「ミスター・カリヌマは、日本人でいらっしゃいますか？」

「ああ、そうさ。ミスター・狩沼なんて……、京太郎でいいよ」

「キョウ・タロー。発音、ムズカシイですね」

「じゃあ、京さんでいいよ」

「はい、ではキョウサンよろしくお願いします。それで、キョウサンは何がお望みですか？」

「あちこち見て周りたいんだ。君はどんなガイドが出来るのかな？」

「はい。ミミは観光客さまのオーダーに合わせます。美味しいものが食べたければ地元の幸を食べさせるレストランを紹介します。ツアー・オプションでの古い遺跡めぐりや美しい湾のガイド、ツタの洞窟の半日観光ツアーなどのガイド。他に海のレジャーの手配、村での木彫のアクセサリー作り体験やアテンドなどです」

「君に頼めば何でも分りそうだね」

「ンタタ山の向こう斜面とツタの洞窟の奥へは行けませんが、何なりと。後、ホテルで週に一回やっている民族の〝儀式のショー〟の解説などもいたします」

「〝儀式のショー〟ね」

「ご興味ありますか？　〝神降ろし〟と言って、私達の神様をお迎えするための儀式です。本当は何時間もかかるので、その一部を皆様にお見せしています。火を焚いて、みんな身体にペイントして踊ります」

「なるほどそれは面白そうだ」

「明後日の夜にも有りますよ」

「よし明後日の夜はそれを見よう。今日は、あちらこちらに連れて行ってくれ。調べたい事もあるし」

「かしこまりました。お調べものは何ですか？」

「ルワーネ族の歴史とか、儀式とか遺跡とか伝説、色々さ」

「珍しいですね。民族の歴史に興味を持たれる方は少ないです」

「君もルワーネ族なの？」

「ミミと呼んで下さい。はい、私もルワーネ族です」

「それにしては少しも日焼けしていないね。こんなに日差しが強い所なのに」

「はい、日焼けはしません。生まれつきの体質だといわれています」

体質か、道理で透明感のある不思議な肌の色だ。

「そうか。じゃ頼むね」

「かしこまりました。ご準備をいたします。キョウサンも出発のご準備をなさって十時にフロント前にお越しください」

「うん、そうするよ」

「ギャラは日払いでお願いします」

「いいよ」

ツアー

一旦部屋に戻り着替えたが、脱いだワイシャツからはミミの良い移り香がしていた。そういえばずっと花の薫りがしていた。強い香水を着けているのかな。ぼんやりとミミの事を考えながらカメラやボイスレコーダーなど取材の準備をして約束の十時にフロントに行くと、民族柄のついた正装に着替えたミミが立って待っていた。

「こちらです」

ミミに案内されてついて行くとホテルの裏にジープが一台停まっている。

「君が運転するのか?」

「そうです。いつもです」

「じゃあ頼むよ」

「それでは今日半日、よろしくお願いします」

「よろしく頼むね」

ミミの笑顔と運転でワンパ半島のドライブ観光がスタートした。本当はすぐにでも博士の手がかりを探さないといけないのだが、全く未知の土地ゆえ捜査は全体像が掴めてから、今後の計画は今夜立てよう。

二人を乗せた車はホテルを出発。途中一旦ンタタ山沿いに走り、森を抜けてから海岸線へと向かう。車窓から見る原生林は緑が眩しく目に焼き付いた。

山道はほとんどが舗装されていないので、やはりジープで納得だ。それにしても、優しげな容姿にも関わらずミミはワイルドな運転をする。ぼんやり考えていると車は海岸線に出て視界が一気に開けた。

エメラルドクリーンの海、青い空、白い砂浜にさんさんと照りつける明るい太陽の光。ドライブだけでも優雅な気分で、いかにもお金持ちのプライベートビーチという景色だ。

「なるほど、最後の楽園ねぇ」

「あら、パンフレットを読まれたんですか？　そうなんです。五年位前にそんなコピーで外国の方に向けて宣伝していたんですよー」

独り言を聞いてミミが話しかけてきた。

「長期滞在する金持ちがいるのが解るような気がするね」

何だか少し楽しい。そうこうしている内に車は保護区に入って来た。

「もうすぐカルコサの古代遺跡にまいります」

車は空き地に停めて二人は車から降りる。そこは巨石文化の名残、石造りの廃墟だ。

石畳に石の柱、俺達は石畳を歩きながら、ゆっくりと石の世界を見て周った。

「ルワーネ族は森の民なんだろ。石造りの町とは、何だか不思議な感じだ」

「これはルワーネの遺跡ではありません。別の種族が作ったものです」

「その種族は？」

「バイアク族と言いました」

「言いました？」

「滅びたのです。大昔、大きな戦争があり。黄色い炎と白い風で街は焼き尽くされたと。その時ここの全ての命が一瞬で滅んだらしいのです」

「興味深い話だね。滅ぼしたのは誰？」

「記録に残っていないので何とも。でも、私たちルワーネでないことは確かですね。我々は平和な部族ですから。ここはたった一日で死の町になったと伝えられています。そしてルワーネ族はこの土地と神様を引き継いで、守っているのです」

「なるほど。死の街。守り人ね。ルワーネ族が先住民族かと思っていた」

「ルワーネ族は森の先住民族です。滅んだバイアク族は石の先住民族。今は全てをルワーネが守っているのです」

幾つか石の写真を撮ってから、俺達は次のポイントへと移動する事にした。

ンタタ山の裏の方に周ると河があり、その河沿いに人が立って歩けるほどの大きな洞窟がある。岩が大きく割れてその裂け目が自然に洞窟の形になったようだ。何百年も経っているのか、入口や中の岩肌にびっしりとツタが絡まっている。

「ここは〝ツタの洞窟〟といいます。こちらはルワーネ族が儀式をしているところです」

「部族にとって神聖な場所なんだね」

「そうです。奥は意外に広いですよ」

「誰もいないようだが、中は観れるのかな」

「観光では入口の見学だけの決まりですが、私がいるので今日は特別に入ってみましょうか」

「え、いいのかい？」

「内緒ですよ」

悪戯っぽくニコッと笑ってみせる。ミミはちゃんと俺のツボを押さえているな。後でチップを渡さないと。

懐中電灯を取り出し、ミミは俺の足元を照らしながら一緒にゆっくりと入ってゆく。

洞窟の入り口は狭いが、十メートルほど中に入ると思った以上に大きく開けている。百人は優に入れるだろうか、大広間のようになった空間に、一段高い祭壇のような場所と幾つかのモニュメントの石柱、奥の岩壁は石で出来た扉があり、ぴったりと閉じられている。いかにも神聖な場所という趣（おもむき）である。

意外に中が明るいので驚いて上を見上げると、天井部分の岩が大きく割れていてそこから太陽の光が差している。周りの岩肌はやはりツタで覆われており、所々垂れ下がっている。割れ目からひんやりとした空気が洞窟内に入って来るので気持ちがいい。

「なるほどね。中から青空が見えるんだ」

「夜にはお月様や星も見えるのです。大切な星も」

「何て星？」

「アルデバランといいます。伝説に出てくる星です」

「本当におごそかな感じの場所だね」

「ここはルワーネ族にとってとても大切な場所なのです」

「ホテルでやる儀式の本物をする所かな」

「そうです。〝神降ろし〟の儀式も一晩かかってここでやります。部外者は立ち入り禁止なので、観光客にはお見せできませんが……。成人式や収穫祭など大きな儀式でみんなでやるものから、結婚、葬式など個人的な事も、部族の行事は全てここでやっているのです」

「そうなんだ。みんなの生活に根付いているんだね。でも、中は石造りなんだ」

「はい。元々バイアク族の造ったものを我々が引き継いだのです」

「なるほど神様も、神聖な場所も受け継いだというわけか、で奥の扉は？」

「祭壇から向こうは〝石の神殿〟といい、扉の奥は神様と先祖が眠っている場所です」

「何があるの？」

「私も詳しくは知りません」

「見学できる？」

「いえ、誰も入れないのです。神官様によれば扉の奥は縦穴になっていて、神様とご先祖様が魂となって一緒に祀られているということです」

「誰も入れないのか」

「はい、神官様以外は入れないしきたりです」

「で、神官様って？」

「ブィイ様と仰る儀式を治める偉い方です。御希望なら、村に行った時にお目通りをお願いして、お引き合わせしますよ」

「よし明日会いに行こう。それにしても君の言葉は丁寧で解りやすい。感心するよ」

「まだまだ、外の方の言葉は難しいですわ」

すっかり観光気分を楽しむ俺がいる。うっかりすれば手掛かりを探すことも忘れそうだ。その日は、これで引き揚げて明日ルワーネ族の集落に行くことになった。

次の日、俺とミミは集落へと向かった。集落は洞窟から車で十数分の山間の少し開けた小高い場所にあった。

木と草を葺いて作った高床式の小屋がいくつも集まって建っている。床を高くするのは害虫対策と断熱効果で、森林地帯で良く見かける生活の知恵だ。

小屋の周りでは、焚き火で煮炊きしている人、魚を干す人、動物の皮を叩いて鞣（なめ）す人、布を広げて植物の種子を乾かしている人などなど、子供が遊びアヒルなども周りを歩いているが、全体的には女性と老人の姿が目立つ。女性は美しい極彩色の民族衣装に身を包んでいる。

「男たちは狩猟と畑作に分かれて、働きに出かけています」

村道を歩きながらミミは言った。

「基本は自給自足なんだね」

「生活に必要なものは殆ど森の中で賄（まかな）えます」

「神官様っていったいどんな人なの？」

「はい。神官様は背が高く、長い帽子を被り、杖をついていつもまっ直ぐに立っておられます。神様の言葉を聞いては我々によくわかるような言葉にして伝えてくださいます」

話していると集落の真ん中の村長の小屋に着いた。まずは村長に挨拶するのが礼儀だという。

村長は奥の椅子に座っていた。

村長は髭を蓄えた小太りの男だった。褐色の肌と白い歯が特徴で屈託のない笑い方をする。両腕には宝貝のついた腕輪と刺青（いれずみ）をしている。聞くと刺青の文様は勇者の印なのだそうだ。

「村長。こちらはお客様のキョウサンです」

「よく来てくれた。村長のセトだ。外の世界の人よ。我々は友達。食べ物はある。酒もある」

ミミの通訳で挨拶した後、思わぬ歓待をうけた。好戦的ではないと聞いていたがその通りのようだ。

途中でグルート博士の事を訪ねてみたが、村長も村人も知らないと言う。ミミも博士のことを知らないと言っていた。ここへは来ていないのか？　調査をしていれば必ず来ているはずだが……。

腹が落ち着くと木彫りの民芸品、腕輪やネックレスを作っている所を見学する。観光地によくありがちな芸術村だ。ホテルの売店に卸しているらしいが、ここでは半額の安さだ。

何気なしに見ていると、褐色の木に彫られたトーテムポールのような棒状の置物がいくつも目に入った。良く見ると花の髪飾りをした女性の姿で、体は鱗(うろこ)模様、下半身は魚になっている。

「これは？」

「花嫁人魚といいます。ルワーネの幸福の印です」

「ここにはやはり人魚の伝説があるのか」

「ギロが戦争の大地だった頃、空の星の神様と海の人魚が結婚すると、この世が収まり戦争がなくなり、土地が豊かになったという話が伝わっています」

その伝説はグルート博士からの手紙にも書かれてあった。グルート博士が来た場所はやはりここで間違いないはずだ。

次は狩猟の準備を見学出来た。ルワーネ族は森に入って、毒を先に塗った吹き矢で獲物を獲る。毒を作っている所も見学したがフグ系の毒テトロドトキシンに似たもののように感じた。石の粉や乾燥した植物をすりつぶしてそれに混ぜる。

　ミミの手配で、離れにいる神官様に少しお目通りが叶うことになった。村長も一緒にお籠り（こも）の小屋に入る。神官はルワーネ族たちとは一味違った印象の出で立ちだ。白一色の衣装でミミの言う通り高い帽子を被って立っている。長い杖を持って、細身で頬はこけて目つきは厳しく、髭を蓄えて威厳がある。そしてミミと同じ青白く光る肌を持っていた。

「こちらは日本から来られたキョウサンです」

「ギロに何しに来たのか？」

　神官は大きな目でジロッと俺を見たが、睨（にら）まれたら身体がすくむほど迫力がある。

「観光と歴史の調べものだと言っています」

　ミミは畏まって答えた。村長も畏（かしこ）まっている。神官の方が村長より位が上のようだ。

「そうか」

　神官はゆっくりと頷いた。

「旅の人。ワシは神官のブィイだ。ルワーネは〝掟を守る〟外の人を歓迎する」

　神官が言語にたけていると云うのは本当で、ミミの通訳は一切必要なかった。ただ腹話術師のようにあまり唇を動かさないで話す変な喋り方が少し気になった。

「ありがとうございます」

　俺たちは軽い挨拶をしただけですぐにその場を引き下がった。

この日の帰りのミミとの会話も楽しかった。ミミは好奇心があって外の世界に対しても興味津々、目をくりくりさせて俺の話を聞く。

俺がジャーナリストで研究家だというとすごく尊敬してくれた。何でも取り入れようと努力し、自分の今やっている事の延長で、観光産業やビジネス全般にも興味を示した。何より勉強熱心だ。

「もっといっぱい教えてほしいです」

と綺麗な潤(うる)んだ瞳で頼んでくる。

本当に純粋な子なんだなぁ。今までの自分の周りには居ないタイプだ。守ってやりたい気持ちになる。

不思議なことに彼女はいつも南洋の花の薫りがした。

夜の儀式

次の日は一日かけてグルート博士の手掛かりを探したが、手掛かりどころか、グルート博士が来た事を知る人も見たという人もいない。全く信じられない。数ヶ月はここに滞在したはずなのに。

人がいないのを見計らってホテルの保管庫に入って過去の宿泊台帳を調べたが、グルート博士が滞在したらしい記録のページだけが破り取られていた。他のホテルに当たったがやはり博士の足取りに繋がる情報は得られなかった。みんなが揃って同じ答えなのも気になった。

ホテルに戻り、ラウンジで軽く飲んでいると、不審な女に気が付いた。遠目でこちらの様子を盗み見ている。そう言えば、一人でホテルを出た時には付けられているような気がする。女はこちらが気付くと消えていなくなった。一体誰なのだ？

夜になると、週に一回ホテルでやっているルワーネ族の〝儀式のショー〟が中庭で催された。十人ほど先住民たちが集まり、篝火を焚き、身体にペイントして唄い踊るにぎやかものだ。泊り客も何組か見に来ていたが、案の定富裕層が多かった。

ミミはマイクを握り、儀式の意味や段取り、衣装、ペイント、踊りの特徴について解説していた。相変わらずきちんとしていて、まじめな仕事ぶりだ。

儀式の後俺はミミに声をかけ、食事に行く約束を取り付けた。ミミは着替えてから、ほどなくしてやって来た。髪には小さな赤い花を挿していた。

俺たちは浜の近くのシーフードレストランに行き、新鮮な魚とワインを楽しんだ。

ミミは勉強熱心だから思い切って外の世界に出てみることを勧めた。

「ありがとうございます。でも……、やっぱり難しいと思います」

「ちょっとした勇気だけだよ」

「そうでしょうか」

「まあ。考えておいてよ。俺で良かったら面倒みるよ」

「嬉しいです」

その他に色々と話しをしたが、ミミは日本語にも興味を示した。

「こんにちは」

「さようなら」

「おやすみなさい」

日本語の挨拶を幾つも教える。

ミミは頭が良く、一度聞いただけできれいな発音で言って見せた。

帰りホテルの前で別れ際に「さようなら」というので、違うよ。俺たちはまた会うので「おやすみなさい」だよと教えると、ミミはにっこり笑って「おやすみなさい」と言って去って行った。

「また、明日ね」

俺はミミの背中をいつまでも見送っていた。

部屋に戻ると、扉の下に小さなメモが挿し入れられていた。開いて中を見ると「ミミは危険。関わるな」とある。

誰かの嫌がらせだろうか？

慌ててドアを開け暗い廊下を見渡したが、誰もいなかった。

ランデヴー

ミミはとても良く仕事をしてくれる。儀式の事も詳しく教えてくれたし解らない事は調べてもくれた。博士の捜索で聞き込みにも着いて来て通訳してくれるし、仕事以外でも食事に誘えばいつも付き合ってくれる。裏表のない性格で、何より笑顔が可愛らしい。

俺は事あるごとにミミを引っ張り出し、一緒にいる時間が長くなった。そしてその時間が楽しみだった。好きになったのだと思う。

いい大人が僻地（へきち）の小娘となんて可笑しいと思うだろうが、俺は真剣だ。ミミの事を想うと気分が高揚して、グルート博士の事さえ忘れそうになる。

会う度ごとに、だんだんと二人の距離が接近している気がする。

先日もまた、打ち合わせと称してミミを食事に連れ出したが、彼女は将来「都会の大学に行きたい」という希望がある事を打ち明けてくれた。もっと広くビジネスの勉強したいのだと。

大いに結構じゃないか。ミミにはこんな辺鄙（へんぴ）なところで人生を終わらせたくない。世界は広いんだ。色んなものを見せてやりたいし、もっと教えたい事がある。俺の仕事のパートナーにもなってほしい。私生活でも……。

「都会の大学で勉強したいなら支援する」と約束をすると、彼女はすごく喜んでいた。

「お礼に」と言って俺の手に何か握らせた。

「これは私が作ったものです。私からのプレゼントです」

それは手の平サイズの民芸品の人形で、褐色の木に彫られたトーテムポールのような品だ。良く見ると花の髪飾りをした女性で下半身は魚になっている。村で見たやつだ。

「キョウサンの幸せのために」

「優しいんだね。二人の幸せのためさ」

俺はミミの肩を優しく抱いた。花の薫りがしたが、やはり香水は着けてないと言った。

二人で海を見た。ロマンチックな夜だ。

月明りに照らされ、彼女の肌はいっそう青白く美しく輝いて見えた。

「まるできみが人魚みたいだ」

「お上手ですね」

「本当の事だよ」

「嬉しい」

俺はミミの華奢(きゃしゃ)な身体を抱きしめた。暖かかった。抵抗はなかったが、ただ緊張して固くなっていた。

「ミミ、いいだろ」

俺はキスをしながらミミの胸に触れた。心臓の鼓動が掌(てのひら)にぬくもりとして伝わる。

「だめよ」

「いいじゃないか」

「だめ。この身体は結婚の時に神様にゆだねるためのものなの」

それ以上無理はしなかった。時間をかけて解きほぐそう。結婚まで体を許すことはしないと言うミミを初心(うぶ)だと思った。

「分かったよ。きみが許せるようになるまで待つよ」

微笑むミミの表情が好きだ。

「さあ、今日も遅いから送って行こう」

今夜もまたベッドでミミの事ばかり考えてしまいそうだ。俺はきっとこの為にここに呼ばれたに違いない。

ホテルまで戻ってくると、部屋の前から立ち去る女の姿が見えた。あの女か。慌てて追いかけたが見失ってしまう。

ドアの下にはまたメモがあり
「博士と同じ」とある。

何が同じなのか？　あの女、博士の何を知っているのだ？　それ以前に一体誰なのだ？

グルート博士を拉致したのはあの女と仲間で、バックに闇の組織が関与している。良からぬ想像が頭をよぎる。

博士からの手紙には「ミイラは本物だ」と書いてあった。彼は何を見つけたのだ？　そして何処に消えたのだ？　謎はますます深まるばかりだった。

グルート博士の真相

次の日、聞き込みの調査を早めに終え、部屋に戻って資料をまとめようとホテルの廊下を歩いていると、例の女がまた俺の部屋の前にいた。

物陰に隠れて遠目で様子を見ていると、女はうずくまってドアの隙間から白い紙を差し入れた。間違いなく彼女だ！

俺は駆け寄り、その女の腕を掴んだ。女は驚いて悲鳴を上げかけたが、俺の顔を見て自分で口に手を当てて抑えた。大柄で気丈な女だ。ひどく抵抗する様子はなかったので、俺は女の腕を引っ張って自分の部屋に連れ込み、椅子に座らせて尋問をした。

「お前は何者だ？」

「ここはアブナイ」

「この紙にもそう書いてある。どういう意味だ？」

「ここはアブナイ。アナタキケン」

言葉があまり話せないようだ。

「どういう意味だと聞いているんだ！」

「ワタシ知らない、ダニーに頼まれただけ」

「ダニーとは誰だ？」

「ダニーはダニー。アナタの事見ている」

「監視していたのか」

「心配してる」

「心配？　ダニーが何故俺の身を案じる」

「私説明デキナイ。ダニーに会えばわかる。今スグイク」

この状況を恐れていても仕方ない。ポケットにナイフを忍ばせ俺は女を連れてダニーとやらの所へ行くことにした。

女はホテルから少し離れた河沿いの小屋に俺を案内した。貸しボートの店のようだった。女がドアをノックすると中からぬっと黒い顔が現れた。白目が充血した大きな目で用心深くこちらを見ている。

俺は緊張して思わずポケットのナイフを握った。

「あんた！　このヒト、心配してたヒト」

女は男に声をかける。二人は夫婦なのか？

男はゆっくりと頷くと、流暢な英語で話した。

「ああ、あなたが狩沼さんですね。お待ちしていましたよ。グルートさんの件でお話がありま す。どうぞ中にお入り下さい」

男は警戒を緩め、白い歯を見せてオレに笑顔で会釈した。何だか肩透かしを食らったようだ。

だが、やっとグルート博士を知っている人間に会えたのだ。

俺は女と一緒に中に入った。

「てっきり借金取りかと思ったよ」

ジョークを言うと男は大口を開けて笑った。

彼の名はダニーで、俺を付け回していた女の名はトートーカ。ここで一緒に住んでいる。名前はフィジー語で〝美しい〟という意味らしい。

ダニーは俺が泊まっているホテルの元従業員でフロントマンだった。そしてグルート博士も同じホテルに泊まっていたのだ。

南アフリカから来たダニーは、ニューヨークのビジネス学校を卒業したが、アメリカではうまくいかずこの地に流れて来たそうだ。

フィジー出身のこの女性とここで出会い、結婚したという。だが幸せは束の間、ホテルを経営していたグリーン・アイ財団が破産してホテルを手放した時、ダニーをホテルの支配人に引継がせる事が決まっていたにもかかわらず管理の「星の知恵財団」系のH＆Aカンパニーから不当に解雇され、スタッフは総入れ替えされたという。

　泊まっているホテルのスタッフにグルート博士のことを尋ねても、口を揃えて「知らない」という答えしか返ってこなかったのは無理もない。もし知っていても口止めされているのかもしれない。

　ダニーはグルート博士があのホテルに泊まった時のフロントマンだった。空き時間には博士の助手もしていた。博士には色々と良くして貰ったらしく、その事を恩義に感じていた。やはり博士はここに来ていたんだ。

　グルート博士はここで人魚伝説に深くかかわるバイアク族やルワーネ族の儀式を調べていたが、そのうちに常に誰かに監視されるようになり、危険を感じ始めていた。そしてある日、博士はいなくなるのだが、部屋はひどく荒らされ、研究資料も無くなっていたという。

「彼はその後どうなったのだろうか？」

「おそらく拉致されたのではないかと思います。私たちはあちこち必死に探しましたが、全く足取りが掴めないのです。恐ろしい事になっていなければいいのですが……」

「博士の研究資料も盗まれてしまったということか」

「いいえ、研究資料はすべてが失われたわけではありません。少しお待ちを」

　一旦引っ込んだダニーが奥から戻って来た。手には汚れた箱を持っていた。

「これをどうぞ」

「これは？」

「博士から預かっていた手帖と箱です」

ダニーは博士が失踪する前に、これらを手渡され「もし私に何かあったら、〝外〟の世界から私を探しに来た人にこれを渡してくれ」と言って託されていたらしい。そして「この事は口外しない事」とも。

彼はこのギロで博士が唯一信頼出来た友人だったのだと思った。俺は手帖と箱を受け取りダニーたちに告げた。

「本当に感謝するよ。博士の事を守ってくれてありがとう。そして俺の事までも」

「いえ、狩沼さん。博士は私たちの恩人。恩を返すのは当たり前です」

「手帖はホテルで読むよ。箱の中も確認する」

「あなたはもうすでに監視されている。くれぐれもお気をつけて」

「ありがとう。あと一つ頼みがある……」

俺はダニーに耳打ちをすると、注意しながらホテルへと戻った。

暗い夜道、遠くでドラムの音が響いていた。

儀式の秘密

ダニーに手渡された汚れた箱には「最後の石」と走り書きされたメモとともに青い大きな石の付いたネックレスが入っていた。博士が何故俺にネックレスを渡したのか？　その答えは博士の黒い手帖に書いてあった。

グルート博士の調査によると、ルワーネ族には幾つかの儀式があって、中でも最も大切なのが「結婚の儀」というもの。何十年かに一度、永遠の命を祈願して部族全体で執り行う儀式で〝人魚の生け贄〟を神様に捧げるという。

この入江で人魚が捕れるのか？

いや〝人魚の生け贄〟とは実は人間で、十七才前後の処女の女性に限り、その日のために部族がみんなで大切に育てているのだとある。特別な女として現地の断崖に咲く花ミロガンダを定期的に食べさせている。浄化の意味があり良い匂いがして肌が美しくなるそうだ。

決められた満月の夜、選ばれた処女は人魚の姿に着飾って、先住民族たちが信仰する神聖なる神ハスター様に花嫁として差し出すのだ。伝説によると、ハスターは宇宙の神で、海の守り神の娘とされる人魚と結婚させる事によって「空と海が一つになり永遠の命が生まれる」と考えているようだ。これはミミの説明と一致している。

だが「結婚の儀」とは表向きの綺麗事で、率直に言うと邪神に供物として喰われる事なのだ。喰われた犠牲者は人魚の姿のミイラにされるらしい。

何てことだ！　〝生け贄〟の処女は最初から「神に喰わせる為に」育てていたのだ。

人権も糞もあったものじゃない。狂っている。これじゃあまるで家畜と一緒じゃないか。とんだ邪教だ。俺は博士の手帖を読みながら腹の底から怒りが込み上げて来た。

グルート博士は最初人魚のミイラを求めてこの地に来て調査していたが、生きた人間を邪神に喰わせて殺し、人魚のミイラを作っている民族に遭遇した。彼は己の正義感からそれを阻止しようとして、狙われた可能性が高い。

手帖によると、ルワーネ族はそうすることで祖先の魂が何千年も生き続けると信じているそうだ。儀式は神官ヴィイによって仕切られるが、彼は本当のところルワーネ族ではない、カルコサの街にハスターが降臨した時、白い霧と黄色い風が吹きバイアク族は一瞬で絶滅したが、ヴィイはその場にいたという。

奴はバイアク族の最後の生き残りと言っているがおかしいじゃないか？　計算するとヴィイは数千年生きている事になる。もしかしたら神官はバイアク族でもないのかもしれない。別の何か、なのか？

疑問は他にもある。ヴィイがバイアク族の生き残りだとしたら、何故今ルワーネ族の中で神官をしているのだ？　そして、何故元々バイアク族の信仰だったハスター神や石の神殿をルワーネ族に引き継がせたのか？

グルート博士の手帖には、ハスターは全能の神なので決して殺すことは出来ないとあるが、「ハスターの星」と呼ばれる青い鉱石があれば、一時的にではあるがこの邪神を遠ざける事が出来るとある。

博士は立ち入り禁止の聖地ンタタ山に分け入り、探索の末それを発見したらしい。

手に入れた幾つかの「ハスターの星」を実験に使い、最後の一つを加工してネックレスにした。儀式に潜入してこれをハスターに投げつけようと思うと書いてある。しかし、洞窟の中で密かに執り行われる秘密の儀式に無事潜入できるのか、またこの石が本当にハスターを阻止する効果があるのか？　確証はない。しかし村の娘が標的にされている。決行日は次の赤い満月の出る夜。こんな蛮行はやめさせなければと思う。カレンダーによれば、あと一ヶ月程でその日がやって来る。早く準備をしないと……、
博士の黒い手帖の記録はそこで終わっている。

これをダニーに託して、その直後に博士は失踪した。この文面から見て、ルワーネ族が秘密の儀式を邪魔されないように博士を拉致した首謀者は神官ブィイという事になる。証拠は一切ないのだが。

この手帳に書かれた日付が正しいとすればもうすぐルワーネ族の儀式が決行される筈だ。と言う事は、博士の行動を追いかけている俺も同様に危険な状態なのだ。

グルート博士の手帖はその事を伝えていた。新聞によればもうすぐ赤い満月。後二日だろうか。儀式はその日に決行される。

そして、ここまで考えて俺は思い当たった。

「そうだ、次の生け贄はミミなんだ!!」

俺は慌てて手帖とネックレスをポケットに突っ込み、すぐに部屋を飛び出してミミに会いに行った。彼女のスケジュールは頭に入っていた。

暗い夜道、遠くでドラムの音が響いている。

ミミを説得

俺は、観光の仕事が終わったミミを捕まえて人気のなくなった船着き場に連れて行き、「結婚の儀式」が本当は生け贄を捧げる為の儀式で、ミミがその対象である事を説明した。

ミミは特に驚いた様子もなくそれを黙って聞いていた。

「ここにいてはだめだ。今すぐにでも俺と一緒に逃げよう」

「あなたの事は好きです。キュウサンはいい人。でも一緒に行けない」

ミミはまったく聞き入れない。

「何故だよ?」

「何故って、私は神様と結婚するのだから。そう決められているの」

「そんな、馬鹿な話があるか!　君がどう生きるかは自分で決めるんだ」

「そうすることがみんなの願いなのです」

完全に洗脳されている。何とかしないと。

「俺の街へ行こう。君が望んでいた学校にも行かせる。一緒に住もう」

「嬉しいわ。でも掟に従わないと」

「駄目だ、殺されてしまうんだよ」

「死はありません。そんなの嘘です。永遠の命になるのです」

ミミはとってハスターの花嫁になることが最大の歓び。自分は選ばれし者で、その事で幸せがやってくると信じて疑わない。

「俺は君のことが好きなんだ。本当だ。結婚して一緒に暮らしたいんだ」

「ありがとうキョウサン。そんなことを言われたのは生まれて初めてです。嬉しい。でも、みんなを裏切るなんてやっぱりだめ。出来ない。ごめんなさい」

ミミの頰を真珠のような涙が伝う。

俺も涙目になりながら、ポケットから青い宝石の付いたネックレスを取り出してミミの首にかけてやった。

「これはお守りだよ。俺の気持ちだ。ずっと身に着けていてくれ。いいね」

「はい。キョウサン、とてもキレイです」

「君に似合うよ」

「嬉しい」

俺はミミの手を握り、しばらくそのままじっとしていた。ミミの冷たい手にこの手のぬくもりと共に気持ちが伝われば嬉しいが。

「まだもう少しだけ時間がある。本当にもう一度考えてくれ。キミの為だ。オレは本気だよ」

「もう私たち、逢わない方がいいのかも」

沈んだ声で言う。

「俺の事嫌いなのか？」

ミミは答えず、ただ首を横に振っている。

「ごめんなさい」

そして、俺の目を見ずに小走りに去った。小さな背中が闇に溶けて消えて行く。

夕闇迫る船着き場でオレはぽつんと一人きりでいた。

南の島なのに、海からの風は冷たく骨身に染みる。

ホテル

俺は心身ともに疲れきって部屋に戻った。気分は最悪だった。

「もう私たち、会わないほうがいいのかも」

ミミの最後の言葉が頭の中を何度もぐるぐる回っている。もうすべてが嫌になった。博士の手帖だけ持って、明日にでも荷物をまとめて帰ろうかと思う。

でも、もう一度だけミミに逢いたい気がする。あれは洗脳され言わされているのだ。ここにいたら彼女はきっと殺されるのだ。やっぱり助けて、彼女を希望通り都会でしっかり教育を受けさせてやりたい。そうだ、明日もう一度逢いに行こう。

少し落ち着こうと思い、ポットにあった湯を沸かし直し、熱いコーヒーを入れて、ベッドに座ってゆっくりと飲んだ。

しかし、落ち着くどころか急に動悸がきつくなり頭がクラクラとして来た。

ポットの湯に何か入れられていたのか？　グルート博士の手帖に書かれていた〝身の危険〟を思い出した。

「しまった、早く逃げないと！」

突然、バスルームから大きな仮面をつけた男が現れた。男はオレに掴みかかって来たので、もんどりうって床に転がり取っ組み合いになる。

ものすごい力だ。俺はそいつを突き飛ばして、何とか廊下の外に逃げようとするが足がもつれてなかなか進めない。

渾身（こんしん）の力を込めて仮面の男を突き放すと扉の方へ逃げた。

一瞬、風を切る音がしたかと思うと首筋に熱い痛みが走った。吹き矢で首を刺されたのだ。

俺はその場に倒れすぐに意識を失ってしまった。

石の神殿

意識を取り戻すと、そこはツタの洞窟にある石の神殿だった。

大勢のルワーネ族が集まっている。儀式の準備をしているようだ。俺は座ったままで神殿の柱に後ろ手で縛りつけられている。ひどい事をしやがる。平和な種族じゃなかったのか。これが奴らの正体か。

俺は縄できつく縛られたうえに、吹き矢の毒のせいかずっと気分が悪い。縄から抜けようともがいてみたが、ピクリとも動かない。

ふと横を見ると、隣の柱にも誰か縛られてうなだれている。服装で判る。探していたグルート博士だ。

「グルート博士！　グルート博士！」

呼んだが博士はうなだれたままで返事がない。良く見ると、肌が乾燥して顔や首など所々が割れている。

「し、死んでいる!!」

博士は柱に座って縛られたままミイラ化していたのだ。ぞっとした。呪術によるものなのか？　俺もミイラになって神殿に飾られるのか？　こんな所で死にたくはない。

何も出来ないままもがいていると、神官が従者とともにこちらへやって来た。

「気が付いたようだな狩沼。我々の事に首を突っ込もうとするからだ」

「お前たちのやっている事は殺人だ！　博士もお前が捕まえて殺したんだな」

「グルートは何千年も続く我々の大切な儀式を壊そうとした。だから奴には二度と邪魔が出来ないようにして貰ったのだ。神に逆らうなど、もっての他だ」

思わず俺は隣の亡骸（なきがら）を見る。

「人殺しめ！」

「奴は神によって永遠の幸せを約束されたのだ。素晴らしいじゃないか。すぐにお前にもその栄誉を分け与えてやろう」

「何が栄誉だ……」

と言いかけた俺の身体を突然従者二人が持ちあげて立たせた。

「見せてやろう。連れて来るのだ」

神官は従者に命令すると、両脇を固める屈強な男たちは俺を石の神殿の扉の中に引きずって連れて入った。

中はミミが言っていたように竪穴（たてあな）になっており、井戸のような構造だ。井戸の底を覗くとたくさんの何かが蠢（うごめ）いている。人間大の大きさの黄色いアメーバのようなものだ。

「これは、何だ？」

驚いて俺は神官に質問をぶつけた。

「永遠の命だ。〝神降ろしの儀式〟で永遠の命を得た者達だ」

「何なんだ、永遠の命って」

「わしはルワーネ族ではない。ハスターを信仰するバイアク族の神なのだ。バイアク族は滅んだのではない。肉体を捨てて永遠の命を得たのだ」

「どういうことだ」

「神とこの地の処女が結婚することで、バイアク族は順番に永遠の命を得られる。ルワーネ族も死の苦しみから解放されるのだ。素晴らしい事だ」

「処女を生け贄にしてか？　殺してしまうのだろう」

「いや、魂の救済だ。何時か戻って来る日のために身体はちゃんと残してある。見ろ」

神官が指差す先に、幾つものミイラが折り重なって無造作に積まれている。しかもどれも人魚の似姿だ。

「こ、これが人魚のミイラなのか！」

この恐ろしい儀式は何度もくり返されているのだ。

「そして、これが先祖なのだ。苦しみから解き放たれここで永遠に生きられるのだ」

神官は杖でまるで料理を混ぜるように井戸の底の蠢くアメーバ達を指し示した。

「バカな。穴の中で蠢いて繋がったり離れたりしているだけじゃないか！　これで生きていると言えるのか」

「ハスター様の命の光を得るのだ。永遠の命だ。苦しみから逃れられるのだ」

「その為に罪も無い娘を生け贄に捧げるのか、自分たちの為に人を殺すのか！」

「殺すのではない。『結婚の儀』で神に迎えられ、そして一つになるのだ」

「それはハスターに喰われるということだ。結局喰われて死ぬんじゃないか！」

「ルワーネ族のあの者たちはその為に生まれている。だからタニス人参とミロガンダの花を食べさせて大切に育てているのだ」

「喰われるために育てるのか。それならまるで家畜かペットの餌じゃないか。前は間違っている」

「お前こそ間違っている。お前達の文明とやらもいずれバイアク族のように自らの手で一瞬にして滅びる事になるだろう。これは神の救いなのだ。今から執り行う儀式を見るがよい」

「そしてグルートのように殺すのか！　お前は狂っている!!」

「もう良い。連れて行け!!」

男たちに引きずられて俺はもう一度扉の外の柱に元のように縛られた。

従者たちは儀式の支度があるためか、俺を括りつけると直ぐに行ってしまった。

体力が回復していない俺は疲れ切って、すぐにまた意識を失った。

儀式

次に気が付くと、洞窟内は騒がしくなっていた。ドラムの音も聞こえる。すでに儀式が始まっているのだろう。口々に部族の歌を唄い踊っている。それを見ている者たちも、手拍子を合わせたり、うなり声を上げたり、身体を揺すって興奮状態だ。

しばらくすると、美しく着飾った花嫁が輿に乗せられて行列で神殿に入って来た。鱗がたくさん付いていて人魚を思わせる衣装だ。頭には花が飾られている。月明りに照らされて一段と美しく青白く光る肌が遠目にもわかる。ミミだ！

花嫁の輿はドラムや歌に合わせてゆっくりと神殿に近づいて来て、やがて俺の前を通った。

俺はこの結婚の儀式の結果を知っている。出来る限りの声を張り上げて「逃げろ」と必死で叫んだが、ドラムの音と歌と踊りの洪水でかき消される。

それでも俺と気付いたのか、花嫁はこちらを見ると、微笑んでその後一筋の涙をこぼした。いやそんな気がしただけかもしれないが、俺にはそう見えた。

「逃げろ！」と俺は必死で叫び続ける。

行列はやがて石の神殿の扉の前に停まった。輿は静かに台座の上に降ろされた。

神官の儀礼と祝詞の後、神殿の扉がゆっくりと開かれる。

ややあって奥から真っ白い霧のような光があふれ出し、中から巨大な黄金色のぶよぶよとした生命体が出現した。ゲル状のエネルギー体といった方が良いのか。これが御神体のハスターなのか？　集まった者達はみんなひれ伏している。

黄金色の生命体は立ち上がったミミに近づいて包み込み、少しずつ融合して行く。まったく信じられない光景だ。いや、昔見たことがある。アメーバが餌を取り込みゆっくりと消化して養分を吸い取っているようだ。きっと残りを吐きだしたのがミイラなのだろう。

ミミの体は黄金の光に包まれながらゆっくりと溶けはじめた。だが、信じられないことに、ミミはその顔にエクスタシーにも似た恍惚(こうこつ)の表情を浮かべている。俺は悔しさと哀しさに包まれた。

ミミは黄色い塊の中でどんどんと溶けて美しい姿が消えてゆく。俺のミミが、俺のミミ……。

絶望でもう声も出ない。涙と鼻水だけが止まらずあふれ出た。

その時、黄金色のハスターの中でミミの首からネックネスだけが溶けずに床に落ちた。あの夜、オレがミミの首にかけてやった「ハスターの星」だ。

「ハスターの星」はハスターの身体の中から神殿の床に転げ落ち、突然青い焔を上げて燃え出した。青い焔は瞬く間にハスターの体に燃え移った。

突然の事に、神官もルワーネ族も驚いて慌て出した。

一番慌てたのはハスター自身だろう。管楽器のようなかん高い絶叫を上げている。

グルート博士の手帖に書いてあった事は本当だったのだ。

洞窟内は大混乱になった。

脱出

必死でもがき続けて暴れていたせいか、縄がすこし緩んでいることに気付いた。

従者が結び直したのが弱かったのだろう。俺はぐいぐいと身体を左右に折り曲げてたるみを大きくする。するとずるずると緩み、遂に縄抜けが出来た。

混乱の中で誰も俺に構う者はいない、今だ。俺は縄を解いて立ち上がった。足がフラフラで手は痺れていたが、全身に力を入れてゆっくりと歩いて逃げ出した。

致死量ではないにしても、体に回った毒の影響は著しく、吐き気や眩暈（めまい）とも戦いながら這うようにして出口に向かう。

振り向くと、青く燃えるハスターが叫びながら石の扉の奥へと消えていく姿が見えた。ハスターの中にミミの姿はもうなかった。

「さよならミミ。さよなら」

また涙があふれてくるが感傷に浸ってはいられない、ボロボロの身体を引きずって、ツタを掴みながら一歩ずつ洞窟の出口に向かう。

神官が気付き、俺の背中に向かって何か叫んでいる。

俺はかまわず逃げた。ふらつく足で走った。

やっとしっかりしてきた足どりで、吹き矢をかいくぐって逃れながら洞穴を抜ける。河辺の岩場を渡って何とか向こう岸に逃げる。下見をしておいて良かった。

途中、足を滑らせて河に落ちた時、博士の大事な手帖を河に落としてまった。でも、もう取りに戻る体力も時間もない。悔しいが、そのままにして命からがらで逃げた。

向こう岸についた時には追っ手の影は見えなくなっていたがドラムの音が森中に響いていた。

木陰に名前の覚えられないダニーの妻が待っていた。

俺の姿を確かめると手招きした。付いて行くと、河下の岩陰にボートが隠してあり、そこでダニーが準備して待っていてくれていた。

念のためダニーの家を出る時に、赤い満月の夜にツタの洞窟の河下にボートを用意して待っていてくれるよう頼んでおいたのだ。

「ありがとうダニー。心から感謝するよ」

それだけ言ってダニーのボートに倒れ込んだ俺は、そのまま意識を失ってしまった。

死にかけの俺を乗せたボートは河を下り、入江を抜けて全速力で夜の海へと走り出した。

後のことは全く覚えていない。

病院の部屋で

やがて、儀式は佳境に入り、激しいドラムの音とともに、美しく着飾ったミミが、輿に乗せられて神殿の中へ入ってくる。

ミミの肌は月光に照らされたかのように美しく透き通って、青白く光っている。

結婚の儀式を止めようとするが身体が動かない。

俺は「行っちゃだめだ！　逃げろ」と叫び続けている。

ミミは俺に気付いて微笑むと、その頬には一筋の涙がこぼれ落ちた。

唇が「さよなら」の形にゆっくりと動いた。

そして、神殿から漏れる黄色い光の中へゆっくりと溶けて消えていった。

「ダメだ、行くな、行かないでくれ!!!」

気が付くと白い天井が見えた。

俺は病院のベッドの上で意識を取り戻した。

腕には点滴のチューブが繋がっている。鼻の中にもチューブが入っている。まだ解毒の最中で、体内に毒が残っているのだろうか、意識がもうろうとして頭もズキズキ痛い。

そして、あの恐ろしい事件の回想がずっと頭の中を周り続けている。

誰もいない部屋。ダニー達もいない。心電図だけが時々小さな音を奏でている。

結局、博士も助けられず、手帖もなくし、俺には成果も事件の証拠も何一つ残ってはいない。

生きて戻っただけ。

まるで長い悪夢から目覚めたようだ。

「あれは夢だったのだろうか？」

いや、今でも耳の奥ではあの忌まわしいドラムの音が鳴り響いている。

俺は自分の左手が何かを強く握っている事に気が付き、ゆっくりと掌を開いて見た。

ミミに貰った木彫りの人魚がそこにあった。

九十九度目の春は来ない

御宗銀砂（みむねしらいさ）

北アメリカの民話　え・ぶん：ウィーカー・ハズブロウ

ウェンディゴは北アメリカにつたわる、あくまとも、ようかいともつかないばけものです。

ウェンディゴはわるい氷のまじんで、いつかこの世界を、永遠の冬にしてしまうのです。

ウェンディゴは森の木々よりもせがたかく、おおまたで雪原をかけぬけます。

そのすがたはまるで、こおりでできたがいこつか、黒いかげぼうしのようです。

そして、目のあるべきところには、ふたつの赤いほしがかがやいているのです。

ウェンディゴが人間をさらっていく、というおはなしがあります。

まっくらなよる、風にのってやって来て、なぐさみものになる人間をさらっていくのです。

いなくなった人はずっと遠くの土地で、こおった雪だるまになって見つかります。

ウェンディゴが人間をのろう、というおはなしがあります。

ウェンディゴの声をきいたものは、人間をむしょうにたべたくなるのです。

のろいをとくには、たきぎの山に火をつけ、じぶんでとびこむしかありません。

白人がやってくるより、ずっとむかしのことです。

とてもさむいとしでした。春のおとずれはおそく、夏にはつめたい風がふきました。

またたくまに秋がおわり、冬のたくわえをのこせないまま、雪がふりはじめました。

このままでは、みんな、うえ死にです。


村人はそうだんし、老人にたべものをあたえないことにきめました。

だれかが、老人たちに知らせなければいけません。

くじびきで、ひとりの若者がえらばれました。


若者は老人の家をまわります。

泣きわめく老人がいました。若者をののしる老人、しずかにうけいれる老人がいました。

いっそころしてくれという老人や、おなかがすいて、もううごけない老人がいました。

そしてさいごは、若者の母おやです。

母おやの家に若者がはいるのを、村人たちはとおまきにみていました。

いくら待っても、若者はなかなかでてきません。

わかれをおしんでいるのだろう。村人たちはそっとしておきました。

三日がすぎると、村人たちはおかしいとおもいはじめました。

おそるおそる、小屋をのぞきこみます。

おくでは、母おやがむすこにおおいかぶさり、にくをむさぼり食っていました。


一九二九年の末。ニューヨーク。マンハッタン。

誰も彼もが素寒貧で、背中を丸めてうつむいたまま、寒空の下を歩いていた。

恐慌の嵐が、アメリカ中を吹き荒れていたころの話だ。

場末の映画館に、ひとりの青年がいた。青年はハンサムで、誰にでも話しかけ、仲良くなる、一種の才能があった。詐欺師ガッポに気に入られ、映画をタダで見る巧妙な手口を伝授されていなければ、彼も今ごろ外で震えていただろう。

客席はがら空きだった。一番良さそうな席に、青年は陣取った。

映画が始まる。銀幕の中は一面銀世界だった。喜劇王扮するちょび髭の小男が、一攫千金を夢見て、ゴールドラッシュにわくアラスカを訪れ、どたばた悪戦苦闘する。

アラスカ。青年はジラフ博士のことを思いだした。青年の遠縁で初老の地質学者だ。手紙によれば老骨に鞭打って、アラスカ奥地の調査隊に加わったとか。

　青年は少々まずい立場にあった。最近、とある娘とねんごろになった。歳若く美しく愚かで可愛かったが、親が街の有力者なのがまずかった。今、警察とならず者の両方が、青年を血眼（ちまなこ）で探している。ねぐらにしていた安アパートもかぎつけられた。もう帰れない。

　アラスカ。合衆国の果て。しかも金の匂いがする。

　映画も終盤。あれこれあって金鉱を見つけた髭の小男は、大金持ちになり、恋人と結ばれる。絵に描いたようなハッピーエンドに、青年は拍手した。

　一九三〇年の初め。青年はアラスカにいた。

　アラスカ準州。アメリカ合衆国最北端の領土。一八六七年、アメリカはロシアからアラスカを買収した。クリミヤ戦争に負けたロシア帝国は、是が非でも金が欲しかったのだ。

　お値段は七二〇万ドル。大金はたいて特大の冷蔵庫を買ったと、当時の国務長官スワードは非難された。北の果ての広大な不毛の地。かつてアラスカはそう思われていた。

　ところが、である。アラスカとその周辺で、次々と金鉱が発見された。

　一八八一年ジュノー。一八九七年クロンダイク。一八九八年ノーム。一九〇二年フェアバンクス。カリフォルニア以来の大ゴールドラッシュに、アラスカ中、いや合衆国がわいた。

　次々と鉱山町が生まれた。アラスカの玄関口アンカレッジと、内陸のフェアバンクスを結ぶアラスカ鉄道が、一九二三年に開通した。一攫千金を目指す有象無象（うぞうむぞう）どもが、アラスカ目指してどっと押し寄せた。

そうだ、アラスカに行こう。

そうと決まれば行動は早い。シャデラク兄弟の無賃乗車術を駆使して貨物列車を乗り継ぎ、ダニエル教授の書類偽造法で西海岸からアラスカ行きの船便にもぐりこんだ。そして。

「寒い！」

客車を降りて、青年は思わず声をあげた。それほど寒かった。

海沿いのアンカレッジも寒かったが、アラスカ内陸部の寒さは暴力的だった。すでに、上着も肌着も二枚重ねにしている。靴下も二重で、手と足首、首周りは特に厳重に、冷気が入り込まないよう塞いでいる。そして頭と耳と鼻をマフラーでおおったあと、帽子をかぶり、さらに上からコートを着る。それでも防ぎ切れないほど空気は冷たかった。

アレキサンドリア駅には、駅舎も待合室もなかった。真っ白な雪原が砂漠のような緩やかな稜線（りょうせん）を描いている。見渡す限り雪原はどこまでも続いていた。遠く近く、所々に、まばらな森や林が散らばっている。

線路沿いの電信柱が、びっくりするほど細長い影を、雪の上に落としていた。影が長いのは緯度が高いからだ。太陽は遠くの山々すれすれの位置にあった。夜になれば北極星は、きっとほぼ真上に見えるだろう。

線路から少し離れて、郵便局を兼ねた小さな店があり、マッチ箱のように小さなバスが前に停まっていた。モドリノ村行きかと尋ねると、中で居眠り中の運転手が、帽子も取らずにうなずいた。車内中央には特大のストーブがあって、中ではオレンジ色の石炭が燃えている。

　乗客は、青年含め二人だけだった。同乗者は女で、にこりとも笑わないことを差し引いてもそれなりに美人だった。青年は帽子を取り、にこやかに笑いかけた。

　定刻より少し遅れてバスは発車した。雪に覆われ道らしき道は見えないが、とにかくバスは快調に進んだ。青年は、同乗者の女が嫌がらないのをいいことに、ほぼ一方的に話しかけた。

「サンフランシスコからの船旅は最悪でしたね。安ペンキやほこりのにおいは我慢ならないし太平洋の風と荒波で、小さなボロ船は大きく揺れるわ音を立ててきしむわ、それはひどいものでした。おかげで僕の繊細な消化器は、すっかりやられてしまいました。せめてもの救いは、海に吐き出した船の食事が、どれもとびきり不味かったことです」

「アンカレッジからの、アラスカ鉄道、あれはよかった。連なる山脈。見渡す限りの雪原。森と渓谷。川を渡るヘラジカの群れを見ましたか。次から次へとパノラマのように車窓を埋め尽くす、美しい大自然。人の営みはどこにもない。文明から隔絶された世界。素晴らしい！」

「向かいに座ったロシア人の老婦人が、黒パンと塩漬イクラとウォッカを奢(おご)ってくれました。連れ合いに死なれ、フェアバンクスで銀行勤めの息子を頼るんだとか。列車を降りるときには彼女を抱きしめ、片言のロシア語で幸運を祈りましたよ。スパシーバ。ハローシィヒ、ヴィハドゥニヒゥ！」

突如。ギャリっと嫌な音が響いた。バスは揺れ、エンジンを空転させて止まった。

地面すれすれを動いていた太陽が、今まさに沈もうとしていた。アラスカの冬は、昼は短く夜は長い。太陽はあっという間に沈んでしまい、ほどなく周囲は闇に包まれた。

「さて、修理屋を呼びますか。電話はどこかな」

青年は場を和ませるつもりだったが、女は笑わなかった。

女は胸ポケットから、くるみのように小さな懐中時計を取り出した。

「ここから最も近い電話は、たぶんアレキサンドリア駅ね。線路沿いの電柱から、あの小さな店に電話線が引き込まれていたわ。鉄道の運用に必要なのね。バスの出発は午後二時ちょうど。今は午後四時過ぎ、バスで二時間の距離を歩いて引き返す計算ね」

女の、少しも動じない物言いに、青年は少しムッとした。

「でもあたりを探せば、民家くらいひょっこり見つかるかもしれないですよ。電話だって」

青年の言葉を最後まで聞くと、女は首を左右に振った。

「ふつうの町ならね。私、たまたまアラスカの人口を知っているけれど、六万人くらいよ。テキサス州の倍以上の面積にたったそれだけ。駅からここまで民家をひとつでも見かけた？あなたも言ってたように、ここは文明から隔絶された場所なの」

青年は肩をすくめ、窓の外に目を向けた。

「少なくとも夜の散歩に向いてないってのは、見ればわかりますよ」

バスの扉が開いた。一瞬外気が流れ込んで、乗客二人は身を震わせた。様子を見に外に出ていた運転手が戻ってきた。運転手は無言で、ストーブに手をかざした。

青年は不思議に思った。この運転手、どこかで見た気がする。気のせいだろうか。ジラフ博士以外、アラスカに知った顔はいないはずなのに。

「ねえ、運転手さん、故障の具合はどうですか。修理はどれくらいかかりそうですか」

運転手は申し訳なさそうに答えた。要約すると、ここで修理はできないと。女は黙って話を聞いた。青年は天を仰いだ。運転手は帽子を脱ぎ、二人に向かい、改まった様子で言った。

「折り入って。ご相談があるんで」


青年と女は、荷物から、予備の服や防寒具を取り出した。これまでのアラスカの旅で学んだ方法を、片っ端から試した。同じ車内で着替えることを、女は躊躇(ちゅうちょ)しなかった。青年や運転手のほうが、かえって気を使うくらいだった。

バスを出て、目的地のモドリノ村まで歩いて行く。それが運転手の提案だった。四時間ぐらいの道程だと運転手は見積もった。他に選択肢はなかった。

ストッキングを三重にはきながら、女がこんなことを言い出した。

「暖かいうちに、用を足しておいた方がいいわ。いいえ冗談じゃないの。聞いて」

昔、日本の軍隊が雪山で行軍中に、吹雪にあって遭難した。寒いとトイレが近くなる。何人かの兵隊が粗相して、ズボンを濡らしてしまう。きっと寒さで指がかじかんで、うまく取り出せなかったのだろう。濡れたズボンは凍って凍傷になり、内腿が壊死した。歩くことも、動くこともできなくなった気の毒な兵隊たちは、その場に置き去りにされた。

だから、暖かくて指が動くうちに用を足しておいた方がいいと、女は締めくくった。男二人は黙ってうなずいた。

昼間以上に外は寒かった。あれほど着込んでも全身から冷気が染み込んでくる。

周囲は真っ暗で、何も見えない。月も星も、街灯も家の灯りもない。運転手は懐中電灯をつけて進行方向を照らす。運転手、女、青年の順で一列になり、一行は雪の中を歩き出した。

ぶるっと体を震わせながら、青年は、前を行く女の背中に向かって話しかけた。

「少し話してもいいかな。寒さが紛れるかも。いいよね」

女は黙ってうなずいた。硬くなった雪の上をふみしめ、青年はしゃべりはじめる。

「僕はね、おじさんに会いに行くんだ。ジラフ博士って、名前は立派だけど、お人好しで不器用な貧乏学者でね。モドリノ村で地質調査をしてるんだ」

「あなたも学者さんなの？」

「まさか。目指してた時期はあった。大学まで行ったよ。博士が支援してくれた。でも僕には、大学はどうにも性に合わなくてね。途中で降りた」

「私はね、弟を探しに来たの。友達とアラスカに来たけど、モドリノ村で行方不明になったって、手紙が来たの」

「弟さん、見つかるといいね」

雪に危うくつまずきそうになりながら、青年は言った。そうね、と前の女は答えた。


バスを離れてから一時間が経過した。

「モドリノ村近くの渓流には、大昔の先カンブリア代の地層が露出してるんだ。ジラフ博士が言うには、金鉱よりずっと貴重なものなんだって。博士、年甲斐もなく、手紙で大はしゃぎさ。スノーボールアース仮説の証拠が見つかるかもしれないって」

「スノーボールアース？」

「博士の新説だよ。七億年くらい前、地球全体が雪に覆われていた時期があったって。およそ一億年の間、地球全部がアラスカみたいだったんだ」

「今にぴったりの話題ね」


バスを離れてから二時間が経過した。

ふきつける冷たい風が、分厚い防寒具を通して容赦なく熱を奪っていった。眠い。休みたい。青年は何秒か目を閉じ、しばらく歩いてから目を開けることを繰り返した。

バスを離れてから三時間が経過した。

もはや誰も何も口にしない。女が言ったように、手袋の中の指はもう、握ることもおぼつかない。体が鉛のように重い。頭がぼんやりする。

道があるかどうかすらはっきりしない雪の上を、運転手が照らす懐中電灯の光だけを頼りに、三人はただ、黙って歩いていた。

バスを離れて四時間。ねえ運転手さん、と女が声をかけた。

「まちがっていたら、ごめんなさい。あなた、さっきから道に迷っているでしょう？」

運転手の足が止まった。嫌な予感のした青年が、あっと声を上げる。

「思い出した。あんたを見たことがある。マンハッタンの路線バスで運転手をしてた。あんたも僕たちと同じ、アラスカにきたばかりなんだ。アラスカのことなんて、何も知っちゃいないんだ。なんで黙ってる。何か言ってみろ！」

シッ、静かにと、女がいった。

いつの間にか空は晴れ、満天の星がおおっていた。月明かりがあたりを照らす。青年たちの右手にあった大きな林の中から、サクサクと雪を踏む足音が聞こえてきた。

足音はだんだん近づいてくる。途中で細い木にぶつかり、枝に積もった雪が落ちて、大きな音を立てた。同時に林の中から何かが出てきた。

それは人間くらいの大きさで、人間の形をしていた。

防寒具を着ていてもわかるほどの肥満体で、はあはあと息を弾ませている。左の脇には何か大判の薄い本のようなものを二冊、抱えている。

月明かりに照らされて、彼の顔がはっきり見えた。丸顔に丸い眼鏡をかけた、見覚えのある懐かしい顔に、青年は思わず叫んだ。

「ジラフ博士！」

博士と呼ばれた初老の男は、青年の方を向くと、ポケットに手を突っ込み、取り出したのは一丁の小型拳銃だった、博士の温厚そうな唇は、狂気に歪んでいる。

ジラフ博士はろくに照準もつけず、無造作に銃を構えた。銃口は定まることなく、酔ったように右左に揺れ、運転手、女、青年の間を行ったり来たりした。

女はいつの間にか小さな拳銃を手に、ジラフ博士に向けて、構えた。

「やめろ！」

青年は叫ぶと同時に、女が引き金を引くより一瞬早く、女を押しのけた。

パン！　銃声が響き、博士の銃弾が女の足元に着弾した。硬い雪に小さな穴があいた。

運転手はいつの間にか姿を消していた。青年もなんとかこの場をやり過ごそうと、身を隠せる場所を探した。だが、博士の次の発砲が早かった。

パン！　銃弾は、二人の目と鼻の先に着弾した。青年は女の前に庇うように立ち、懇願するようにジラフ博士に呼びかけた。

「博士、僕です」

パン！　ジラフ博士は、構わず引き金を引く。銃弾は青年の左耳を掠めていった。

その間、女は冷静に、青年を壁にして銃を構え、博士を撃つ。

パン！　だが当たらない。四時間の雪中行軍で指がかじかんで、うまく狙えない。

女の弾丸は博士の股間を抜け、雪を削る。博士はびっくりしたように着弾点を見た。わずかな隙を見逃さず、青年は奇声をあげ、ジラフ博士に飛びかかった。

青年と博士、二人は取っ組み合いになり、硬く凍った雪の上を転げ回った。力ずくで拳銃を取り上げようとする青年に対し、博士は野生動物のように暴れ、なんとか銃口を青年に向けようとした。

女はとまどった。青年が邪魔で、ジラフ博士を撃てない。

パン！　パン！　二度銃声がした。ジラフ博士はむっくりと起き上がり、少し遅れて青年が立ち上がった、相手が無傷とわかると、ジラフ博士は自分のこめかみに銃口を当てた。

カチッ。あわてて博士を止めようとする青年の前で、撃鉄の落ちる音がした。銃弾は発射されなかった。呆然とした博士はその場で気を失い、雪の上に倒れた。

気絶した博士から拳銃を取り上げ、呼吸を確かめる。青年は安堵のため息をついた。

大丈夫、と、女が駆け寄ってきた。

彼女は落ちていた二冊の本に気づき、拾い上げた。ジラフ博士が持っていたものだ。厚みは薄いが、かなりの大判だ。

女は本を月明かりにかざした。一冊は、子供向けの絵本だった。表紙に書かれたタイトルは北アメリカの民話。

もう一冊は、もっと得体の知れないモノだった。スケッチブックくらいの大きさで、紙とも羊皮紙とも違う、見たことのない素材でできていた。よく磨かれた大理石のようになめらかな表面は、触るとあたたかかった。

ページをめくる。すると、円形、楕円、半円を組み合わせた記号のようなものが、活字のようにきっちり、整然とならんでいた。

カサリ。また林の中から音がした。続けて硬い雪を踏む足音が聞こえてきた。次は何事かと青年は身構えた。女も銃を向けた。

黒い立派なオーバーコートを着た、痩身（そうしん）の男が、林の中から現れた。

背は高く、歳は四〇前後。黒い髪に白いものがちらちらと混じっていた。礼儀正しく洗練された物腰には、育ちの良さを感じさせる。鋭いまなざしには、相手を威圧する力があった。何より彼の右手には、銃身の長い猟銃が握られていた。

「こんなところで何をしている」

男は低い声で言った。少なくとも会話はできそうだ。

「はい旦那様、実はバスが故障しまして」

今までどこに隠れていたのだろう。バスの運転手が姿を表し、すかさず話に加わった。

男は運転手を無視し、倒れたジラフ博士を一瞥(いちべつ)した。冷たい目をしていた。

博士が生きていようが死んでいようが、かまわない。そんなふうに見えた。

「本はどこだ。この男が持っていたはずだ」

男は言った。銃口こそ下におろしていたが、猟銃をいつでも撃てるように構えていた。

バスの運転手がおそるおそる、一歩前に出て話を続けた。男が何か言っても、構うことなくしゃべり続けた。

「この先でバスが故障しまして。ギアがもうメチャクチャで、ひどいもんです。星の巡りが悪かったんですな。ひどい故障で、修理もできやしません。で、しかたなくモドリノ村まで歩いていくことになりまして。夜の雪道をですよ。そりゃ正気の沙汰じゃありません。それでもバスの中で凍え死ぬよりはマシと、皆でこうして歩いてるわけで。風は冷たいわ、道に迷うわ。銃をぶっぱなす男に出くわすわ、もう途方に暮れてたところに、幸運にも旦那に巡り会えたわけで。見たところ旦那は話のわかる方だ。よもや我々を見捨てたりしないでしょう？」

たいした度胸だと青年は感心した。だが男に通じるだろうか。男は冷ややかで静かな口調でだが脅迫するような強い語気を込めて言った。

「本はどこにあるかと聞いている。あれは、盗まれたものだ」

バスの運転手はうろたえながらも、驚くべき忍耐力で食い下がった。

「もし、もしもですよ。旦那の家が近くなら。旦那のお召し物は見たとこ薄手だ。そんなに遠くから来たはずがない。わしらを一晩泊めてくれても、ばちは当たらんでしょう」

気絶したジラフ博士を抱き上げ、青年が言った。

「僕からもお願いです。博士をここに放っておいたら凍死してしまう」

男は一瞬、躊躇したような表情を見せたが、急に、青年と運転手の後ろに銃口を向けた。

「そこで何をしている！」

女が、自分のコートの中に二冊の本を隠そうと、あれこれ試みていた。だが二冊の本はどちらも大判で、細身の彼女では、どうやってもうまく隠すことができない。

男に銃を向けられると、女はあきらめ両手をあげた。二冊の本が、雪の上にすべり落ちた。

いつの間にか月が隠れ、雪がちらつき始めた。風も吹き始めた。

本を取り上げた男はきびすを返すと、元来た林の中にふたたび入っていった。立ち去ろうとする男に、運転手が声をかけた。

「旦那、せめて、名前だけでも教えてくださいよう」

「ウィンド・ボルジガットだ」

「わかりました、ボルジガットさん。変わったお名前だ。ご一緒してもいいですね」

男は何も言わなかった。ついていきましょう、と運転手が言い、青年も女も従った。

青年は運転手に頼み込んで、ジラフ博士を二人がかりで運びながら、息も絶え絶えに、男の後をついていった。

急に男の気が変わり、振り向いてズドンとくるのではないか。青年は冷や冷やしながら後をついていったが、そんなことはなかった。


まばらな林の中を少し歩くと、開けた場所に出た。

たくさんの雪だるまが、一行を出迎えた。

大小さまざま。五〇以上はあるだろうか。ほとんどは大人くらい背丈があり、子供くらいの大きさの雪だるまが中に混じっていた。

雪だるまは、それぞれ何かを身に着けていた。手袋、帽子にネクタイ、ハートのペンダント、暖かそうなショールをかけた雪だるまもいた。

雪だるまの向こうに、立派な豪邸の輪郭が見えた。

もっと小さな家を想像していた。奴隷解放令を出した偉大な大統領が生まれたという小さな丸木小屋。あるいは風雪にまみれ、今にも壊れそうな小さな山小屋。その方がアラスカ奥地にふさわしいと思えたのだ。

　だが雪の上に建っていたのは、堂々たるお屋敷だった。ニューヨークやサンフランシスコで成功した市場経済の申し子たちが、郊外にこぞって建てた立派な邸宅。あるいは南部の豪農が奴隷から搾り取った富で築いた豪奢な館。それらに見劣りしない格式高い建築物だった。

　あの窓の数ならお客が百人だって泊まれるだろう。百人のパーティーだって開けるだろう。王族の馬車が乗りつけるような立派な玄関で、男は両開きの大きな扉を開いた。左右には、ギリシャ神殿を思わせる太くて丸い柱が四本、そそり立っている。

「おかえりなさい！」
　一三、四歳くらいの娘が、ゆるやかな曲線を描く階段から駆け降りてきた。思わぬ客に気がつくと、娘は表情を輝かせ、戸惑う青年たちの手をとり、屋敷の中に招き入れた。
「わぁい、お客さまだ。どうぞどうぞ。中に入って。うわ、冷たい手。外は寒かったでしょう。はじめまして。わたし、リリアン」

　リリアンは鳶色の目をしていた。

　緩やかにウェーブのかかった、美しくつやのある髪で、右と左の二箇所を黒く細いリボンで留め、長くくるくると垂らした先を、指先でもてあそぶ癖がある。なめらかな光沢のある布で仕立てられた緋色の服に、黒エナメルでぴかぴかのパンプスを履いていた。

　顔は卵型で、くりくりとした大きな目と小さな鼻、小さな口がやや真ん中寄りにちょこんと配置されている。色が白いのは、日照量の少ないアラスカ暮らしだからだろうか。

　そんなリリアンに連れられ、一行は屋敷の奥まで通された。屋敷は快適だった。広く清潔で何より暖かかった。少し前まで凍え死にかけていたのが嘘のようだ。

　リリアンは客のひとりひとりに、暖炉のついた暖かい客室をあてがった。

　蛇口からはお湯が出た。手足を温めることも、顔を拭いてさっぱりすることもできた。

　リリアンは薬箱を持参して部屋を周り、凍傷の有無を確認した。子供のやることと馬鹿にはできない。指先、足先、顔と順序立ててくまなく調べ、手際も処方も玄人(くろうと)はだしだった。

「すごいね。どこで憶えたんだい」

「ひみつ」

　感心する青年に、リリアンはにっこり笑って答えた。

　ジラフ博士はずっと気絶したままだ。心配そうな青年に、博士を診たリリアンが、ゆっくり休めば問題ないと太鼓判を押した。

　リリアンに招待され、一同はボルジガット家の夕食にご相伴することになった。

　食堂は広く、暖かかった。大きなフランス窓があり、リリアン曰く、晴れた日には凍った湖が見えるという。すっかりひどくなった吹雪のせいで、外には何も見えなかった。あの吹雪の中に今もいたらと思うと、青年は身震いした。

配膳されたナイフを手に取って、青年は驚いた。年代物の骨董品だ。その昔、質屋のニックに仕込まれた目利きの技で、この小さなナイフがどれほど貴重なものか、青年には理解できた。それが何式も揃っているのだ。

見れば、テーブルは貴重な樫の一枚板だし、質素にみえる食器も、室内装飾も、アメリカ式の大量生産が世界を席巻する以前、職人と工房の時代に作られた芸術品ばかりだ。

料理が運ばれてきた。

不思議なことに、ウィンド・ボルジガットは主人の席についていなかった。彼は給仕役で、淡々と食堂と調理場を往復し、料理を運んだ。

どうやら彼は、腕のいいコックでもあるらしい。料理はどれも手のかかったもので、こんな場所で手に入るものとしては最高級の素材を使い、どれも温かく、味も良かった。

客をもてなす役は、もっぱらリリアンが務めた。客には料理と飲み物を勧め、話題を提供し笑顔を絶やさなかった。客はもてなしに感謝し、料理をほめたたえた。リリアンはずっとうれしそうに、にこにこ笑っていた。

食事が終わり、暖炉ぎわのテーブルとソファに席を移した。手の込んだチョコレートケーキと、見たことのないお茶が振る舞われた。

「このお茶、バターの香りがするね」

「チベットから取り寄せたの。おかわりはいかが？」

これはこれで美味いものだと、青年は何杯もお代わりした。

お茶の時間、リリアンはみなを質問攻めにした。

「どこからきたの」「お仕事はなに」「今どんなことが流行っているの」「なぜアラスカに？」

「へえ、そうなんだ」「おもしろそう」「おしえて。もっとおしえて」

おしゃべりなリリアンとは逆に、ウィンド・ボルジガットは寡黙（かもく）だった。だが彼がときどき何かいいたげにこちらを見ていることに、青年は気がついた。

「ねえ、リリアン。ずっとここで暮らしているの？」

「ええ、このお屋敷で生れたの。すぐにお母さまが死んで。あまり、お母さまのことはおぼえてないな。それからずっと、このお屋敷でくらしているの」

「モドリノ村って、ここからどれくらいだい」

「晴れた日なら、歩いて一時間くらいかしら。だけど」

リリアンは窓の外を指さした。

「こんな吹雪の日は、ウェンディゴが外を歩いているの」

「ウェンディゴ？」

「こおりのおばけよ。こんなかんじ」

　ウェンディゴは森の木々より背が高くて、骸骨のような姿をしている。目があるべき場所に二つの赤い星が輝いている。身振り手振りと全身で、リリアンはウェンディゴを熱演した。

「確か伝説でしょう。アラスカに住んでいる人たちに伝わる、古い伝説」

「ウェンディゴは本当のお話よ。ずっとまえからここにいるの。ここに住んでいる人はずっと、ウェンディゴにおびえてくらしてきた。ウェンディゴがいつの日か、この世に終わらない冬をもたらすの。二度と春が来なくなるって」

「過酷な自然を受け入れるために擬人化したものね。精神の苦痛を和らげる効果がある」

「終わらない冬なんてゾッとしませんや。雪道の運転はなにかと辛いもんです。さっさと春になればいいのに」

「わたしはね。冬がすきなの。冬がだいすき。春はきらい。ずっと、春が来なければいいのに。春がきたら、雪だるまはとけちゃうし。それにお誕生日が来たら、またひとつおばあちゃんになっちゃうんだよ」


　夜の十一時を過ぎるころ、お茶会はお開きになった。客達はみなリリアンにいとまを告げ、自分の部屋に戻った。

　青年はひとり、ジラフ博士の部屋に立ち寄った。ベッドに横たわる博士の顔は、穏やかそうだった。青年は自分に銃を向けた博士を思い出した。あの、狂気に取り憑かれた博士の表情がありありと脳裏に浮かんできた。ほんの数時間前のことだ。

「ジラフ博士。いったい何があったんです？」

青年は、意識の戻らない博士に語りかけた。

急激な睡魔に襲われ、青年は自分の部屋に戻り、ベッドに潜り込んだ。部屋の中は暖かだが外では吹雪が吹き荒れていた。風の音が、永遠に続く苦悶の叫びのように聞こえた。

程なく青年は深い眠りについた。悪夢を見たような気がするが、目覚めると忘れていた。

翌朝。吹雪の音で青年が目を覚ますと、リリアンが部屋にやってきた。

「おはようハンサムさん。お腹はぺこぺこですか。朝ごはんはいかがですか？」

リリアンに言われ、青年は自分がたいそう空腹なことに気がついた。ジラフ博士はまだ意識が戻らないという。だいじょうぶ、心配ないからとリリアンは言い、青年をなぐさめた。

食堂に行くと、すでに女と運転手が揃っていた。フランス窓の向こうでは相変わらず吹雪がやむことなく吹き荒れていた。

「まるで僕たちをここに閉じ込めるためみたいだね」

冗談めかして青年が言った。リリアンは笑った。女は笑わなかった。

朝食のクロワッサンをほおばりながら、運転手がこんなことを言った。

「厚かましいお願いですが、もうしばらく、おせわになっちゃいけませんかね」

ウィンド・ボルジガットが何か言いかけたのをさえぎり、かわりにリリアンが答えた。

「いいわよ。好きなだけいてちょうだい。好きなだけ」

リリアンは青年のそばにより、腕を引っ張った。

「今日はわたしと遊びましょ。でもも、いいえもだめ。きまりね」

腕を引っ張られて、青年はリリアンに連れて行かれた。


女は屋敷を見て回ることにした。広い屋敷を散策中、偶然、図書室を見つけた。

図書室は大したものだった。遠近法が狂ったのかと思うほど広々とした部屋に、どの本棚も天井まで本が詰まっていた。個人所有としては破格だろう。

さまざまな大きさと形の書物があった。ほとんどが十九世紀以前に書かれた古い本だった。ユークリッドの原論。孫子の兵法。グーテンベルクの聖書。ガリレオの天文対話。ニュートンのプリンキピア。ダーウィンの種の起源。ルイス・キャロルの不思議の国のアリス初版もあった。

だが蔵書は古いものばかりではない。二十世紀になってから書かれた学術書も多数あった。時間と空間に関するエーテルの新しい理論を導いた、アインシュタインの論文集。大陸移動説を説いた、ウェゲナーの大陸と海洋の起源。ラザフォードの実験に端を発する、原子物理学に関する最新の見地をまとめた専門書もあった。

あらゆる時代。あらゆる国。あらゆる言語の名著や稀覯書（きこうしょ）が、アラスカの果てにあった。

「いったい誰が読むんだろう」

　女は首をかしげた。


　青年は一度、試しに外に出てみた。

　リリアンに防寒具を借り、重ね着に重ね着を重ねた重装備で挑んだ。それだけ準備したにもかかわらず、外に出て五分ともたなかった。ほうほうのていで、青年は屋敷に戻った。

「雪だるまみたい」

　粉雪で真っ白になった青年は、本当に雪だるまのようだった。リリアンは笑い転げながら、青年の身体についた雪を丹念にはたき落とした。

「もう少しで、庭の雪だるまに仲間入りするところだったよ」

「お庭のあれね、ぜんぶわたしがつくったの」

「全部？　本当に？」

「あ、こどもみたいって、思ったな！」

「あ、つめたいつめたい、堪忍してよ。でさ、外に出て、ひゃっと思ったよ。冷たい風にさらされたとたん、全身から体温がみるみる奪われていくのが、わかるんだ。危ないと思って慌てて引っ返してきたよ。いったいどれだけ気温が低ければ、こんな寒さを体験できるんだろうね」

「摂氏マイナス四十度。あるいはもっと低いかも。今夜あたり、聞こえるかもよ」

青年は思った。時々リリアンは、年齢よりずっと、大人びた表情を見せる。

「聞こえる？　何が聞こえるんだい」

「凍裂よ。背中の雪を落としてあげるから、その大きなからだをあっちにむけて」

「トウレツってなんだい」

「思い浮かべてみて。どんなに寒くても生きている木は凍らない。凍らないようにできてる。でも、アラスカみたいな寒い場所で、冬のとりわけ寒い夜なら、話は別。木に含まれる水分が、生きたまま芯まで凍ってしまうの。凍った水分は膨張して、ものすごい力で木を押し広げるわ」

「そして最後には、木そのものが破裂するの。カーンって森中響くくらい大きな音を立てて。はい、いい子だからしゃがんで。肩の雪を落とさせて」

リリアンは、しゃがんだ青年の肩から雪を落とし、すっかり雪まみれのマフラーを取った。

リリアンの鳶色の瞳が、青年の顔を覗き込んだ。

「イメージして。真っ暗な夜、誰もいない森の中に、カーン、って、音が響くの」

その後、昼夕の食事を取り、その日は終わった。結局一日、吹雪は止まなかった。

ジラフ博士は意識不明のまま。ウィンド・ボルジガットはずっと陰で一行を見張っていた。

お茶の時間にはまたチベットのお茶が出た。バターの香りにも慣れてきた。

その夜、女が部屋にいると。かすかにノックの音がした。周囲に聞こえないよう気を使った小さなノックだった。ドアを開けると青年が立っていた。何やら脇に、大きくて平たい包みを抱えている。青年は小声で言った。

「声を立てないで。中に入れて」

青年は廊下を見渡し、誰も見ていないことを確認すると、女の部屋に滑り込んだ。

「見つかると、いろいろ面倒なんでね」

「リリアンに？　ボルジガットさんに？」

「両方さ」

青年は手近にあった安楽椅子を掴むと、暖炉のそばの一番暖かい場所に置き、どっかりと腰を下ろした。

「この屋敷は、おかしい」

「同意するわ」

「まず、使用人がいない」

「そうね」

「この屋敷に来て、リリアンとボルジガット氏の他は、一人の姿も見ていない」

「二人だけで、これだけ大きな屋敷を維持するのは無理ね」

暖炉のそばに用意された薪の山を見て、女は言った。

「それに、ジラフ博士のこともある。この屋敷で何があったんだろう」

「リリアンには聞いてみたの？」

「ジラフ博士とは友達だってさ。博士とは何かと話が合ったらしい。屋敷に招待して、何日か泊めたそうだ。ウェンディゴに、特に興味を持っていたとも言ってたっけ」

「ウェンディゴ？　ああ、あの化け物のことね」

女の言葉に呼応するように、窓の外の風の音が、ひときわ大きく響いた。

「私の弟の話、おぼえてる？」

「確か、行方不明になった？」

「弟だけではないの。モドリノ村では、もっとたくさんの人が行方不明になっている。手紙によれば過去数十年、行方不明者の合計は六十人近くになるそうよ」

「雪の中、道に迷って行き倒れになったのでは。僕たちみたいに」

女は、くるみのように小さな懐中時計を取り出して、青年に見せた。

「これ、覚えている？」

「君の懐中時計だ」

「弟が大学に合格したとき、おそろいで買ってもらったの。弟と同じものがどうしても欲しいと、父にねだってね。同じ懐中時計が、庭の雪だるまの首にかかってた。なぜかしら？」

　そう言いながら、女は目を閉じた。自分の発した疑問に、自分自身でも答えを探そうとした。

　青年はとりあえず、思いついたことを言った。

「リリアンがどこかで、拾ったのかも」

「かもね」

「これからどうする」

「何か手がかりがあるとすれば、あの二冊の本よ。あなたの恩師が持ち出して、ボルジガット氏がわざわざ取り返しに来た。銃を突きつけて取り返しにくるくらい、重要な意味があるのよ」

「同感だ。だから、持ってきた」

　女が目をあけると、青年は持ってきた包みを開けた。

　包みの中には、大判の二冊の本が入っていた。

　北アメリカの民話。スケッチブックくらいの大きさの本。女は目を丸くして驚いた。

「いったい、どんな手品を使ったの」

「ボルジガットの部屋に忍び込んだ。ストーンブレイン博士直伝の万能鍵開け術を使ってね。さあさあ、中身を拝見しよう」

　どちらを先に見るか。二人はまず、北アメリカの民話から手をつけた。

　北アメリカの民話は、ビクトリア時代の大英帝国で発行された、裕福な家庭の子供のために書かれた絵本だ。すべてのページは、閑散とした冬景色でしめられていた。空は黒く雪は淡い灰色で、人も獣も血も肉も人の唇さえ濁った鉛色をしていた。登場人物は誰も笑わず、苦しみ、狂い、死に、破滅する。ウェンディゴと呼ばれる、悪魔とも妖怪ともつかない化物が登場し、人々を苦しめるのだ。少しうんざりしたように、青年はつぶやいた。

「またウェンディゴか」

絵本によれば、ウェンディゴは次のような存在だ。

ウェンディゴは森の木々より背が高く、氷の骸骨か影法師のような姿をしている。

ウェンディゴの目のあるべき場所には、ふたつの赤い星が輝いている。

ウェンディゴは風に乗って現れ、人間を連れ去り、雪だるまにしてしまう。

ウェンディゴは遠くから人間を呪う。呪われた人間は人肉を食いたくてたまらなくなる。

「呪いを解くには、自分から火に飛び込むしかないと。確かにお子様がよろこびそうな話だ」

「先に進みましょう」

老母が息子を食べる挿話の後は、ウェンディゴを崇める狂人が、おぞましいカラタルの儀式でウェンディゴを世界に解き放とうとする。ひとたびウェンディゴが世界に解き放たれれば、この世界に二度と春は来ない。最後のページだけは、赤い色がふんだんに使われていた。燃えさかる炎に、無数の男女が生きたまま飛び込んでいく。ウェンディゴの呪いを解くために。

「カラタルの儀式ってなんだ。唐突に出てきて、説明がないぞ」

「リリアンの言葉、おぼえてる？　確かこう。春は嫌い。ずっと春が来なければいいのに」

「次の本に行くか。こっちは難物だぞ」

青年は、スケッチブックくらいの大きさの本を手に取った。

まず、本の材質がわからない。いったい何でできているのだろう。ページいっぱいの、無数の記号の組み合わせは、いかなる外国語とも似ていない。はたしてこれらは文字なのか。記号を指でなぞると、わずかに凹んでいるのがわかった。この奇妙な出版物がどんな工程を経て作られたのか、見当もつかない。

記号文字をこの場で解読するのは無理だという点で、女と青年の意見は一致した。

二人は、余白にある書き込みに注目した。ページの所々にある空白には、後から書き加えられたとおぼしき、おびただしい量の書き込みがあったのだ。

英語、フランス語、ドイツ語、スペイン語、イタリア語、ロシア語、ラテン語、ギリシャ語、アラビア語、中国語、日本語、それにサンスクリット語。

「なんだかわからん文字もあるな。しかもぜんぶ違う筆跡で書かれてる」

「この本を手にした人たちが、それぞれ文字を解読して、書き加えていったのかしら」

これだけの人手を渡るのに、どれだけ月日がかかったのだろう。どれほど昔から、この本は存在したのだろう。

青年はロシア語が読めた。女はイタリア語とラテン語が読めた。互いに読める言語の書き込みを読み上げ、もう一人が書記していくことにした。例えばこんなふうに。

イタカ召喚
北極星の方角に呼びかけ、イタカあるいはウェンディゴを実体化させる。
イタカの叫びを聞いた人間は呪われ、人肉食や殺人衝動を含む狂気に駆られるようになる。

不死の法
限定的ながら不老不死を実現する方法。肉体は老いることなく、寿命による死もない。
九十九度の春を経て不死の法は効果を失う。術者には恐ろしい破滅が訪れる。
ハイドラの虜（とりこ）、グラーキの僕（しもべ）、ガタノソアの生ける屍よりさらにおぞましい報いを受ける。

カラタルの儀式
九十九の知性体を生贄（いけにえ）とし、ウェンディゴなる高次元存在を次元の束縛から解き放つ方法。
偉大なる種族の残した書簡によれば、およそ七億年前に一度、儀式が行われた。
ウェンディゴの実在化はこの惑星全体を氷結させ、一億年の冬をもたらしたという。

青年と女が本と格闘していたころ、運転手が目を覚ました。

すでに真夜中で、外を見ると吹雪は止んで月が出ていた。運転手はこっそり部屋を抜け出し屋敷の庭に出た。

月の光に照らされて、長い影を作る雪だるまを、運転手はひとつひとつ検分した。値の張りそうな鎖つきの金時計をぶら下げたやつが、確か居たはずだ。失敬したって怒るまい。時間を気にする雪だるまもいないだろう。

吹雪が止んでも、防寒具を着込んでいても、外はべらぼうに寒い。寒さに震えながら、運転手は金時計を探して、雪だるまの間を徘徊した。

ふと、長く伸びる影がひとつ動いた気がした。運転手は周囲を見渡す。雪だるましかいない。そしてまた影が動いた。何かいる。動いている。まさか。ひとつではない。

不意に後ろから、二本の腕が伸びてきた。運転手をひゅっと抱きかかえる。冷たい体が密着する。氷より冷たい。恐るべき速さで、体温を奪われてしまう。

何が起こったか理解するより先に、運転手の意識はみるみる遠のいていった。

女の部屋では、女と青年が眉間にしわを寄せ、しばらく黙り込んでいた。

書き取ったメモを読み、もう一度、北アメリカの民話を読んで、ようやく女が口を開いた。

「つまりこういうことね。イタカあるいはウェンディゴという存在を開放すれば、永遠の冬が来て二度と春は来なくなる。ウェンディゴを解放するため、九十九の人間の生贄を集めている狂人がいる。この、お屋敷の中にね」

青年は、信じられないと言う顔で女を見た。

「やれやれ。君はお伽話を信じてるの？」

「信じて馬鹿をやる人間は、少なくとも現実に存在するわ。あなたはどう思う？」

「うん、どうだろう。そうだな、何か妙な気分だ。僕が思う以上に僕は子供なのかな。きっと君が正しい。生贄になった人はどこだろう？」

「思い出した。屋敷を散策しているとき、鍵のかかった頑丈な扉があったわ。多分地下室よ」

「まだ生きていると思う？」

「わからない。でも、行ってみましょう。手を貸してくれる？」

誰にも見つからず、二人は頑丈な扉の前まで来た。ストーンブレイン博士の万能解錠術で、鍵はあっけなく開いた。扉の向こうには漆喰で塗られた、狭い下り階段があった。

暗い階段を、二人は蝋燭をかかげ、慎重に降りていく。

「武器は持っている？」

「もちろん」

青年は拳銃を見せた。ジラフ博士から取り上げた拳銃だった。

「弾は出るの？」

「あのとき、引き金を引いても弾が出なかったのは、不発じゃなかったんだ。寒さで撃鉄が、うまく働かなかったんだよ。ジラフ博士は幸運だった。鉄砲鍛冶に関しては、ソノヤン師匠に一から鍛えられたからね。ちゃんと分解修理したよ」

地下の酒蔵を思わせる広い空間に出た。空気がひんやりと冷たい。冷蔵庫のようだ。

うめき声が聞こえたと、女が言った。二人は女の指差す方に向かった。

部屋の石壁には、いろんなものが掛けてあった。つるはしやスコップなどの鉱山道具に混じり、手枷足枷のついた鎖や、革製の拘束具つきの柱など、人間を拘束するのに使うとおぼしき道具が、そこここに備え付けてあった。ここは牢獄なのだろうか。

行く先には、粗末な木製の扉があった。

扉の向こう側から、くぐもった男のうめき声が、確かに聞こえる。

二人は無言でうなずいた。青年は、拳銃を右手に、左手で扉を開けた。扉の陰からのぞきこむと、中は物置のように狭い、粗末な小部屋になっていた。

部屋の奥には粗末なベッドがあり、粗末な毛布にくるまった、枯れ木のように痩せおとろえた老人が寝かされていた。顔に深く刻まれた皺から、老人がかなりの高齢とわかる。老人の顔を見て青年は思った。どことなく、ウィンド・ボルジガットに似ていないか。

来客に気づくと、老人は首をわずかに、ゆっくりと持ち上げて、言った。

「おお、リリアン」

喉から絞り出すような、聞き取りにくい声だったが、確かに言った。リリアン、と。ほかには何も言わず、老人は口をもぐもぐさせるだけだった。

青年は尋ねた。あなたは誰か。なんという名前なのか。老人は気の抜けた声で、噛み合わない返事を返すばかりだった。何を聞いても、リリアンはどこかのう。リリアンをよんでおくれ。らちがあかない。青年は質問を変えてみた。

「リリアンは、あなたの、お孫さんですか」

老人の反応が変わった。青年の方をじっと見ると、皺だらけの顔を赤らめた。そしてどこかはにかむように言った。

「リリアンはのう、わしの、愛する妻じゃよ」

骨張った指で老人は指さした。ベッドからよく見える場所に、大きな肖像画が飾ってある。椅子に座り、時代がかったドレスを着たすまし顔の少女を、二人は知っている。

絵の左下には、こう書いてあった。

リリアン・ボルジガット　一八七三
混乱する頭の中で青年は考えた。北アメリカの民話。スケッチブックくらいの大きさの本。書かれていた情報を組み立てる。つまり、こういうことだ。

人間を不死にする方法があるとする。だが九十九度の春が過ぎると、不死の魔法の効力はなくなる。だから九十九の生贄を集め、カラタルの儀式でウェンディゴを開放し、地球に永遠の冬をもたらそうとしている。誰が？

扉が開き、リリアンが立っていた。

二人を見ても驚くことも慌てることもなく、いたずらが見つかった子供のように笑った。

「えーと、バレちゃった？」

女は、答えるより前に銃を構え、発砲する。リリアンは逃れた。女はリリアンを追う。青年も追う。ベッドの老人だけが部屋に残された。

地下室には、二体の雪だるまが立ちふさがっていた。

雪だるまは人間のように歩き、人間のように両手を広げ、冷気を発しながら二人におそいかかった。かまわず女は発砲する。二発。雪だるまから雪が落ち、中から氷づけの人間が現れる。

あらわれた氷人間の顔を、女は知っていた。ジラフ博士ともうひとり、幼いころからいつも一緒だった。自分のことを姉さんと呼ぶ、唯一の存在。

「アンディ？」

銃を構えたまま、その場に凍りついたように、女は動けなくなった
パン！　いまにも女におおい被さろうとする氷人間を、青年の放った一発の銃弾が制した。

さらに、おそいかかってくるジラフ博士の氷人間に、青年は覚悟を決め、殴りかかった。

「鬼のグラント軍曹から教わった、スコップ格闘術をくらえ！」

数分のち、動かなくなった二体の氷人間を後に、二人は地下室の階段を駆け上った。屋敷中

を走り回り、部屋という部屋の扉を開け、二人はリリアンを探した。

リリアンは食堂にいた。大きなフランス窓の前に立ち、物憂げに外をながめていた。

フランス窓の外では、狂ったようなオーロラが、天空いっぱいにうねくり輝いていた。女は銃を向け、青年はスコップを構え、リリアンににじり寄った。

ズドン。銃声がした。青年は左肩を抑え、そのまま倒れ込んだ。抑える手の指の間から、血が溢れ出す。

女が振り向くと、硝煙（しょうえん）たなびく猟銃を構えた、ウィンド・ボルジガットが立っていた。冷徹な仮面はもはやかなぐり捨て、怒りに燃え、憎しみを込め、煮えくりかえるはらわたをそのまま吐き出すように、青年に激しい罵声を浴びせた。

「母さんに、さわるな、この、あさましい、げす野郎の、死ね、死ね、死ね！」

パン！　次弾を詰め直し、さらに追撃しようとするボルジガットを、女は射殺した。

リリアンは、苦痛にうずくまる青年に寄り添い、そっと抱き寄せた。

「可哀想に。痛かったでしょう」

リリアンは青年の上着を脱がせ、肩を露出させる。銃弾で、肉が大きくえぐりとられていた。

リリアンが手を当てると、傷口はたちまち凍りつき、出血も止まった。息もたえだえに意識を失いかけた青年に、リリアンは優しく語りかけた。

「ずっとここにいて。ここなら暖かいし、それに安全よ。貴方は若くて、ハンサムで、愚かで、それにとても可愛いから」

パン！　女がリリアンを撃つ。銃弾はリリアンの眉間に当たり、弾き返された。リリアンの額は氷で覆われていた。致命傷にこそならなかったが、確実にダメージは与えている。

よろめくリリアンは、鳶色の瞳を女に向けると、冷たい笑みを浮かべた。

「ねえあなた。本物のウェンディゴを見たくない？」

女がさらに三発の銃弾を浴びせ終える前に、不思議な本に書かれた作法に則り、リリアンは北極星があるべき方角に向かい、人語とは異なる発声で呪文を詠唱し、そこで力尽きた。

カーン！　屋敷の外で、あまりの低温に木が凍り、破裂するときの甲高い音が響いた。甲高い音は次々と連鎖し、アラスカ中の木々が全て破裂したかのような、大爆音と化した。

フランス窓が割れ、暴力的な温度の冷気が、屋敷の中に吹き込む。

凍った湖の向こう一面に広がる禍々しいオーロラを背景に、木々よりも背の高い、真っ黒な影法師が見えた。その形はねじくれた人間に見えなくもない。目のあるべき場所に二つの赤い星が輝いている。影法師はねじれた体をさらに歪ませ、天高く北極星があるべき方角を見上げ、恐ろしい咆哮をあげた。

やがてオーロラはやみ、巨大な影法師は闇の中に消えた。

女は、倒れ込んだリリアンの下から、青年を引っ張り出した。青年は、意識を失ったままだ。肩の銃創が生々しい。

不意に、女は風の音を聞いた。

女は周囲を見わたす。風の音は女の頭の中から聞こえた。風の音はやがて吹きすさぶ激しい吹雪の音になり、ウェンディゴの忌まわしい咆哮へと変わった。

女は理解した。これはウェンディゴの呪いだ。私はウェンディゴの呪いをかけられた。

ふたたび青年を見る。愛しい。食べたい。絵本にあった母親のように青年に覆い被さり、肩のえぐられて露出した肉にかぶりつきたい。

女は狼狽した。急いで青年から離れ、自分の部屋に戻り、鍵をかけた。これがウェンディゴの呪いなら、解く方法も知っている。ありったけの薪を暖炉に投げ入れる。だめだ足りない。もっと炎を。もっと大きな炎を。

炎に体を包まれながら、女は走馬灯を見ていた。出会った人のこと、愛した人のことが、頭の中に浮かんでは消えた。

弟を食べたい。最後に女はそう思った。

大寒波の夜。ボルジガット屋敷から立ち上る炎は、遠くモドリノ村からも見ることができた。

翌日、モドリノ村は調査団を派遣した。晴天のもと、調査団はいまだくすぶる、焼け落ちた屋敷を発見した。

青年は奇跡的に生還した。焼け死ぬ寸前に意識を取り戻し、自力で屋敷の外に這い出した。燃えさかる屋敷の炎が、アラスカの冷気から青年を救った。

焼死体はふたつ見つかった。ひとつはウィンド・ボルジガット。もうひとつは性別すら判別できないほど炭化していて、くるみほどの大きさの懐中時計を握りしめていた。

屋敷の地下室から、ジラフ博士と、失踪したアンドリュー・バラッドの凍死体が発見された。ベッドの老人も死体で発見されたが、これは火災の酸欠による窒息死だった。

庭からは運転手の凍死体のほか、雪だるまの中から五八の死体が発見された。火事の放射熱で片側だけ雪が融け、死体が露出したことが発見の契機になった。

リリアン・ボルジガットの死体は、未だ見つかっていない。

深き眠り

松本 英太郎

紀元前四三三年

その小さな神殿はミコノスという島の高台にあった。

昼間なら紺碧(こんぺき)のエーゲ海を見下ろせるのだが、とうに夜半を過ぎた今、眼下に広がるのは暗い闇ばかり。

しかし空には軍神アレースの象徴たる火星が、赤い光を放っている。それは天空に散らばる他の星々の微かな光を圧倒して、ひときわ明るく見えた。

神殿では篝火(かがりび)が焚かれ、時の流れによって黄色みを帯びた大理石の階段をいっそう黄色く照らしていた。夜更けにもかかわらず、神殿内から明かりが漏れている。いや、漏れているのは明かりだけではない。先刻から大勢が唱和する祈りの声が神殿内で反響して永遠に続く谺(こだま)のように聞こえてくる。だがそれはこのエーゲ海周辺諸国で話されるどの言葉とも異っていた。

Ia!Ia! Cthulhu fhtagn! Ph'nglui mglw'nfah Cthulhu R'lyeh wgah'nagl fhtagn!

Ia!Ia! Vluthoom fhtagn!……

そればかりではない。苦悶のあまり発せられたような男の悲鳴が断続的に中から聴こえている。しかしその悲鳴も次第に力を失って弱々しいものになっていた。

神殿内の最奥にある祭壇には、他の神殿にあるようなゼウスやヘラといった神々の像ではなく、正面を向き、両翼を拡げたフクロウを象った石像がある。その嘴から鎖で下げられた、直径が一キュビット（およそ五〇センチ）ほどの磨き上げた銅鏡が篝火を怪しく反射している。

その前には四キュビット四方の大きさの、大理石で作られた供物台があり、一人の男が足をフクロウに向けて生きたまま横たえられていた。

身に纏っていたであろう衣は裂かれて身体の左右に広がり、痩せ細った裸身を晒している。歳は五十前後か。短く剃った髪と青白い肌から、どこかの鉱山から拉致された奴隷とわかる。

四肢を縄で供物台に縛り付けられているが口は自由なため、儀式の司祭らしき人物が熊の爪で作った秘儀のためのナイフを肋骨の浮き出た胸に突き立てる度、悲鳴をあげる。

司祭が着ているのは、このギリシャでは珍しい黒に染められた上着で、頭をフードのように覆う変わった着付けをしていた。祭壇の前に半円形に集まって不気味な詠唱を続けている、三十人を越えるであろう儀式の参加者達も、司祭と同様の装いだった。

既に男の胸や腹には線状の切り傷や深々とした刺し傷がいくつも付けられ、鮮血が滴っている。勢いよく迸らないのは、致命傷にならないよう、急所を全て外しているからだろう。

「かなり血を失っております。そろそろ限界かと」

司祭が祭壇に掛かる鏡の方を向いて言った。

その声は鏡を通して宇宙(そら)を渡り、火星の大洞窟ラヴォルモスにある地下都市アアントールの大神殿にいる、邪神ヴルトゥームに届いた。

ヴルトゥームはミコノス島の浮かぶエーゲ海の水平線から赤い星が昇ったのを合図に始まったこの邪悪な儀式を、祭壇の鏡を通してずっと見続けていたのだ。それもただ眺めていたのではない。供物台の上で苛(さいな)まれる男が、ナイフを突き立てられる度に苦鳴とともに発する「恐怖」の感情を、自らの糧として吸収していたのである。

常ならば彼が補食する対象は、彼の周囲でこまごまとした仕事をする火星の奉仕種族が主だ。だが、その蜘蛛猿に似た姿の生物は、命令を理解する知能はあっても、人間のような感情を一切持たない。ヴルトゥームの足元から伸びる蔓のような器官に身体を巻き取られ、その刺胞によって体液を吸い取られて命の灯が消え去る瞬間まで、どんな類いの感情も発しない。彼にとっては調味料を使わない料理を食べているようなものだ。

しかし人間の感情、とりわけ「恐怖」は違った。ヴルトゥームにとって、それは調味料を通り越して「麻薬」の域に達するものだった。美味に酔いしれるばかりでなく、精神を昂揚させ、ひいては彼の超自然の力を強める効果を持っていた。

邪神同士の関係に人間の「家族」の概念を当てはめるのは正確さに欠けるのだが、しいて言えば彼の「兄」にあたる邪神クトゥルーは、地球の海底都市ルルイエに封印され、醒(さ)めぬまどろみの中にあっても、崇拝者が届ける「人間の恐怖」を糧に絶大な神威を発現させてきた。

それを知っているが故に、今回千年ぶりに活動的な時期を迎えたヴルトゥームは、遠く離れた地球の各地に、「兄」に倣って「恐怖」を集める仕組みを作ったのだった。ミコノス島の神殿と邪神崇拝の教団もそのひとつである。

司祭が声をかけた通り、生け贄は絶え間ない「恐怖」によって精神の崩壊寸前だった。ヴルトゥームは最後の「恐怖」を与えるために鏡に自らの姿を投影し、男が放つ最高の「恐怖」を味わい尽くす。そして司祭に念話を飛ばして心臓にナイフを突き立てさせた。既に男は発狂し、「恐怖」を搾り取れない無用の長物になっていたからである。

供物台の死体が片付けられ清拭されると、神殿の入り口にいた副司祭が外に合図を送った。

次に連れてこられた生け贄は、黒髪を肩まで垂らした若い女だった。相当力が強いらしく、信者が四人がかりで引きずるように連れてきて、やっとのことで供物台に縛り付ける。衣からすらりと伸びる四肢についた筋肉は強靭そうで、やわな生活をしているポリスの市民には見えない。浅黒い肌が、陽光の下で働く人間であることを示している。

司祭が衣服の前をナイフで切り裂き、女の裸身を祭壇の鏡に見えるようにした。

顔立ちの整った、しかし女豹のような気の強さがうかがえる女だ。それなのに観念したのか、女の動きが止まる。

ヴルトゥームは訝しむ。女からは「恐怖」が一切発せられていない。それは、司祭が女の艶やかな肌に幾筋もの傷を刻みだした時も変わらなかった。苦痛でかすかに眉をしかめるものの、挑むような目で祭壇の鏡を睨(にら)んでいる。その向こうにヴルトゥームがいるのを気づいているかのようだ。

信者達の唱和が高まる中、いくらナイフを使っても成果の上がらぬことに許しを請う司祭を尻目に、ヴルトゥームは「恐怖」を引き出すための姿を鏡に投影した。だが、女はそれを見て笑みを浮かべながら言った。

「顔を見せたら私が怖がると思ったか。その顔を怖がっていては蛸の炭火焼きなど食えぬわ」

ヴルトゥーム自身は巨大な花の花弁から立ち上がる妖精のような姿だ。男形で、見るものを魅惑することはあっても、「恐怖」を感じさせるには程遠い。

そこで儀式の間は変幻自在の能力を使って、人間が最も「恐怖」を抱く、異形の蛸のような顔を持つ「兄」、クトゥルーの姿に擬態(ぎたい)していた。にもかかわらずこの女は笑ってのけたのだ。

不遜(ふそん)な言葉に怒った司祭が彼女を刺し殺そうとするのをヴルトゥームは念話で制止する。

《やめよ。司祭よ、お前が今身につけている神器をその女の首にかけよ》

司祭が首からかけている神器、火星から隕石として地球にもたらされた秘石の破片をペンダントに加工したものを女に付けるよう命じる。

「ですが……これを外せば私には御身のお言葉が聞こえなくなります」

司祭がささやかな反論をする。と、司祭の首にかかったペンダントから緑の光が発せられ、目や口、頭にある全ての穴から緑の炎が吹き出したかと思うと、瞬く間に司祭の身体は内部から焼かれて灰に変わった。金属音を立てて床上に落ちたペンダントを慌てて駆け寄ってきた副司祭が拾い上げる。

ヴルトゥームは、おびえる副司祭に命じてペンダントを女に付けさせる。念話ができるようになってヴルトゥームの存在を感知しても、女の挑戦的な態度は変わらず、「恐怖」は微塵も伝わってこない。

「私を殺す前にプレゼントか？　バケモノにしては気前の良いことだ」

女は声を出して悪態をついた。

《問おう。なぜお前は恐怖を感じないのだ》

「恐怖？　ハッ……私はアマゾネス、恐怖を知らぬ一族の戦士だ」

彼女のむき出しになった胸には右の乳房がなく、自ら切り取った傷跡が残されていることの意味にヴルトゥームはその時気づいた。

アマゾネスは女だけの戦闘部族。エーゲ海周辺の国々に神話時代からの伝説の一族として知られているが、実在していることをヴルトゥームは知っていた。ただ、実際に彼の祭壇に生け贄として連れてこられたことはなく、本物のアマゾネスに面と向かって会うのはヴルトゥームも初めてだった。

彼女は名をレニアと言い、アマゾネスの船がエーゲ海で海賊船を襲撃した戦いのまっただ中で海に投げ出された。数日漂流し、ミコノス島の海岸に漂着して気を失ったところをヴルトゥームを崇拝する教団にとらわれたという。

　女からいきさつを一通り聞いたヴルトゥームは、しばしの沈黙の後、念話を送った。

《面白い。本当に「恐怖」を知らぬ人間に出会ったのはお前が初めてだ。このままお前を解放してやろう。そのかわりその神器を常に身につけよ。そして余にお前の見る世界を見せよ。お前の声を聞かせよ》

「そんなことをして私に何の得がある」

《その神器はお前を剣や矢の攻撃から守ってくれる。アマゾネスの戦士にはふさわしい神器だ》

「なるほど、それが本当なら役に立ちそうだ。だが、それだけでは足りんな」

《交渉できる立場と思っているのか》

「ああ。飼い犬を灰に変えてでも私と話をしたかったのだろう？　ならばこちらの要求を考慮する余地があるはずだ」

——頭の回る女だ。肝の座っただけの戦士ではない。

　そう考えてヴルトゥームは彼本来の姿に戻り、鏡を通して女に見せた。女は形の良い眉を片方だけあげて、感心の吐息を漏らす。

「ほう……。それがお前の真の姿かどうか知らぬが、最初からその顔を見せていれば、私ももう少し穏やかに話してやったのに」

ヴルトゥームの姿は、女にはギリシャ神話のアドニスのような美少年に見えた。

——これで態度を軟化させるか？

ヴルトゥームは期待したが女は歯を見せて笑った。

「だが私は荒々しく逞しい男が好きだ」

《……望みを言ってみよ》

人間ごときに譲歩する自分を意外に思いながらもヴルトゥームは思念を送った。

「今後、お前の教団がアマゾネスに手を出すことを信者どもに禁じること、それが条件だ」

——そんなことか。その星に生け贄はほかにいくらでもいる。

《了解した。余、ヴルトゥームの名にかけて約束しよう》

「では、決まりだな。私もアマゾネスの戦士の名誉にかけて約束する。今から私とお前はずっと一緒だ」

同じ神器を首から下げているにもかかわらずレニアの言葉しか聞けないため、困惑した様子で傍らに立っていた副司祭に向けてヴルトゥームは念話で伝える。

《その女を解放し、望むところまで送り届けよ》

副司祭は意外な展開に驚いたが、疑問を口にはしなかった。自分も焼かれて灰になってはつまらない。せっかく回ってきた司祭の地位。ヴルトゥーム様の御心のままに。そう心中で呟きながら副司祭は女を縛っている縄をほどき始めた。

　こうしてアマゾネスの戦士レニアは、ヴルトゥームに彼女の住む世界と彼女の話を見聞させる選択をしたのだった。


　身体につけられた傷は胸から下げたヴルトゥームの神器の効果か、既に血は止まり傷口もふさがりかけていた。衣服は裂かれた上に血で汚れてしまったので代わりのものが与えられた。レニアが海に落ちた時に、溺れまいとして金属性の武具を捨てていたため、剣、胸当てや脛当て、腕輪などを彼女は要求した。すると、これまで儀式の犠牲になった者達の所持品だった武具の中から適当に見繕ったのだろう、アテナイとスパルタのものがごちゃ混ぜになって提供された。

「これでは流れ者の傭兵だな。まぁいい。どうせすぐには国に帰れまい」

《お前の国に帰るにはどこまで送り届けさせれば良い？》

「ああ、まだ国に帰らない……というよりは帰れない、かな。故郷はエーゲ海のはるか南方にある島だが、周囲を潮流の渦が取り巻いていて、軍船級の船でなければ越えられない。お陰で外から余所者がやってくることはない。もしやってきても海辺の警護をする兵士が生かして帰さないがな。だからお前の教団の船が私を乗せて近づくことはできないだろう」

《ならどこへ行きたい？》

「そうだな……アンドロス島にしよう。アッティカにも近いし、大きな島だから請け負う仕事も多いだろう」
《仕事をしなくても教団の信徒に金を用意させられるぞ》
「これ以上、邪悪な教団の世話になるのはごめんだ。お前もただ金を使ってのんびりと物見遊山をしたいわけではあるまい？」
《確かに。それなら司祭の首から見聞している日常と変わらぬ。お前の生きざまを見てみたいのだからな》
「では行き先はアンドロス。そこで帰るつてができるまでやってみるさ」
《ところで、お前、歳はいくつなのだ？》
「十九になったばかりだが、それがどうかしたか？」
《思ったより若いな。それで海賊討伐に出るとは、アマゾネス、面白い部族だ》
「何を面白いというのかわからんが、私にとっては当たり前のことだ」
この時ヴルトゥームは、自分が驚きを感じていることに驚いていた。
三日後の昼間、レニアはアンドロス島の西岸北部にある港から南東に向かう山道をゆく荷馬車の傍を歩いていた。
馬の負担を減らすため、同行者はみんな徒歩である。荷馬車に積んだ大量の穀物や布を、山中の村に届ける護衛として雇われたのだ。

彼女の他に傭兵がもう一人、あとは荷運びのための奴隷が四人。それが一行の全てだった。

このひと月程、傭兵崩れが徒党を組んで山賊化し、村へ届ける荷を奪う被害が頻発していた。村との契約を果たせないので賠償が増え続けるのに業(ごう)をにやした港の商人が護衛を探していたところ、島に着いて間もないレニアが偶々(たまたま)それを受けたのである。雇い主の商人は危険を冒す気など毛頭なく、港に残っている。

先頭に立って馬車の前を歩いているアレイダスという傭兵の男は、元スパルタ兵との触れ込みだが、真偽の程はわからない。ただ、雇入れの交渉の折に立ち会っていた彼が、レニアを前にして女であることを理由に雇い主に考え直すよう主張したあたり、利口で強い女が大勢いるスパルタ出身とは思えない。出身が嘘なら「勇猛な元スパルタ兵」という触れ込みも嘘だとレニアは思っていた。

この間、ヴルトゥームは彼女が一人の時を見計らって念話を送ってきていた。そうでないと彼女が返事をしにくいからだ。独り言をぶつぶつ呟いている傭兵など、危なくて誰も雇ってくれない、というレニアの説明に納得した結果だった。

だが今、レニアは荷馬車の車輪が立てる音で周りの人間に聞こえないと判断して、小声で胸に下げたペンダントに呼びかけた。

「ヴル、面白いものが見られそうだぞ」

ヴルトゥームへの呼びかけは島に着いた初日から「ヴル」へと変化していた。元々「ヴルトゥーム」自体が人間に発音できない名前を無理やり近いものにした結果であり、レニアの「言いにくい」という不満もわからなくはなかったので、好きにさせることにした。今頃地獄ではあの焼け死んだ司祭が目を剥いていることだろう。

当初彼自身も、格下げされたようで不本意に思ったが、今は気にならなくなっていた。

ひゅん。

何かが風を切る音がして、レニアは素早く身をかがめた。彼女がいた空間を突っ切った矢が荷台に突き立つ。

――もう手を出して来たか。私が気配を感じたのが襲ってくる直前とは、野伏せりとして上出来だ。気を抜けぬな。先ずは――

「お前たちは馬車の下に隠れろ！」

レニアは剣を抜きながら声をかけて、馬を庇うように荷馬車の前に回った。何が起きたかわからないまま、奴隷たちが指示に従う。

アレイダスはと見ると剣も抜かずに辺りをきょろきょろと見回している。

――矢が来た方向もわからないのか。やはり使えない奴だ。

「アレイダス、馬具を外して馬を逃がせ！」

ようやく事態を認識したアレイダスは、円盾を構えて剣を抜きつつレニアに反論する。

「馬鹿を言うな。馬も大事な主人の財産だ。このまま、馬車ごと離脱させる」

「それでは奴隷たちが射殺されてしまう。馬は放っておいても戻ってくる」

「奴隷なんか知ったことか！　馬と荷が最優」

その先を彼は言えなかった。後頭部を貫いた矢が、口から突き出たからだ。そのまま前のめりに倒れ込む。

レニアは転がったアレイダスの円盾を拾い上げ、飛来する矢を弾き返しながら馬を自由にしてやった。高く伸び上がって一声いなないた後、馬は山道を駈け去った。

矢が飛んで来なくなったので、レニアはいよいよ山賊たちが襲いかかってくると判断し、すっくと背筋を伸ばして立つ。

「ヴル、これからが見ものだぞ」

《うむ》

レニアのいる反対側の木立から飛び出して来た男が荷台に飛び乗ると戦斧（せんぷ）を振りかぶり、彼女を脳天から叩き斬ろうとした。

それを振り向きもせずにレニアは剣を振り上げ、股間から背中まで差し通す。

ぐいっと引き抜くのに合わせて彼女の傍に落ちた男の胸を、再度剣で貫いてとどめをさした。

仲間をやられて逆上した山賊たちが、次々と雄叫びを上げて周囲の木々の間から姿を現し、彼女に向かって突進してくる。その数（かず）六。

正規の兵ではないので手にした獲物も剣、槍、棍棒と色々だ。しかし手慣れた様子で振り回しながら駆け寄って来るさまから、これまでも沢山の犠牲者を数えてきたとわかる。

「同情は無用だな」

　そう呟くレニアの顔に笑みが浮かんでいるのを、揺れるペンダントの秘石を通してヴルトゥームは見た。

《お前、楽しげだな。この人数相手では分が悪いのではないか。手伝ってやってもいいぞ》

「ハッ、たわけたことを」

　そう言いながら迫り来る山賊の先頭に向かって駆け出した。怒号とともに剣を振りかぶる賊とあと一息でぶつかる間合いに入った瞬間、円盾で相手が振り下ろす剣先を跳ね上げ、空いた脇を剣で薙（な）ぎ払う。手応えとともに賊は上半身がちぎれかかった形で地に転がった。血飛沫（ちしぶき）がレニアの胸当てに降りかかる。気にせず彼女は剣を振るった遠心力に任せて身体を回転させた。すぐ後に続いていた男が水平になって回って来た円盾の縁で顔を粉砕されて、目玉や歯を飛び散らせた。

　レニアは流れるように動いて右から刺突（しとつ）を繰り出す敵の槍を剣で弾き、体勢を崩したところに左足で蹴りを放つ。相手は五キュビットほどふっ飛んで背中から地に叩きつけられた。レニアは惜しげもなく円盾を捨ててそれに向かってジャンプし、着地と同時に両手で束（つか）を握った剣で革鎧ごと胸を貫く。残るは三人。

　目の端で二人の敵が荷馬車に向かったのを見てとったレニアは今殺した男の手から槍を奪う

と振りかぶって投げる。槍は弩弓(どきゅう)から発射された矢のようにうなりをあげて一直線に飛び、一人を背中から串刺しにした。

仲間の悲鳴を聞いてもう一人が振り返った時にはすでにレニアが眼前にいた。驚きの声を発する間もなく、レニアの剣が顎から頭頂へ向けて突き通され、一瞬両脚が地から浮いた後、そのまま荷馬車の前に打ち捨てられた。

金属を打ち鳴らす音にレニアが振りかえると、禿頭で赤髭の巨漢が青銅の大盾を巨大な戦斧で叩いていた。賞賛のつもりらしい。身につけた装備から考えて、山賊の頭目だろう。

「大したもんだ。ほとんど片付けちまいやがった。元スパルタ兵の護衛がいると聞いて、精鋭を連れて来たんだがな」

熊が喋ればこんな感じか、と思わせる太くて威圧感のある声で言う。港の商人のもとに内通者がいるのだろう。これまで頻繁に襲撃を受けた理由もわかった。

頭目は盾を叩くのをやめてゆっくりと歩み寄って来て止まった。レニアの剣の間合いの外だ。

「垂れ込み屋を変えた方がいいな。元スパルタ兵が真っ先にやられる程度なのだから、不確かな情報には金以外の代価を払ってやるがいい」

そうレニアが言うと頭目は破顔した。こちらが会話に乗ったのが嬉しいらしい。

「そうだな。あんたが凄腕の傭兵だと知らせなかっただけでも三回は冥土の渡守(カロン)の前に送ってやる必要があるな」

「いつも同じさ。私が女だというだけで男達は見くびってくれる。私には好都合なことだ」

レニアは口の端を少し上げて言った。

「俺は見くびらない。あんたは大した戦士だ。どうだ、このまま俺の仲間にならないか。こんな荷を命懸けで護衛したところで、傭兵への報酬はせいぜい十ドラクマってところだろ？　俺たちのアジトには、銀貨だけでも千ドラクマは唸ってる。他のお宝も合わせれば三倍にはなるぞ」

《レニア、この男は》

「わかっている。私を恐れているんだろ」

ヴルトゥームの呼びかけに囁きで返す。

《「恐怖」を抱いているのが余にはわかる。それはつまり》

「いつ動くかばれるのを恐れている、ということだ」

頭目は小声でぶつぶついうレニアを訝しそうに見たが、話を続けた。

「手下は減ったが、あんたならこいつら十人分の働きをしてくれるだろう。お互い、分け前が増えるからいい話だろ？」

「この荷馬車はどうする？　下に隠れている奴隷たちは？」

「もちろんいただくさ。奴隷どもは顔を見られたので生かしてはおけないが」

自分たちの運命を知り、荷馬車の下で怯えた声がした。レニアが口を三日月の形にして笑う。

「ハッ！　大した山賊だ。だから……」

「だから？」

「私を」

　レニアが二歩あとずさって言う。

「見くびるなと」

　突然三歩勢いをつけて跳躍。

「言っただろう！」

　空中で曲げた膝を瞬時に蹴りだして頭目の大盾を一撃する。

　不意を突かれた衝撃で頭目は自分が盾を手放したと知る。

　いや、手放したのではない。左手指を握り棒に付けたまま、大盾は背後へ弾け飛んでいた。

　左掌の指が四本失われたのを見て、頭目が絶叫する。

「くそっ！　この代償にお前をひき肉に変えてやる！」

　血の滴る左拳を顔の前に突き上げて吠えた。

　そして、右手に持った戦斧を肩と首の間に担ぐようにしたかと思うと、盛り上がる腕の筋肉を駆使して左右交互に振り回し始めた。

　文字通りの旋風が巻き起こる。

　その人間竜巻がレニアを追う速さは、手下とは比較にならない素早さだ。

だが、レニアは回転する斧の刃もぶつかってくる巨体も紙一重でかわしながら、背後の森へと下がってゆく。

自分が彼女を追いつめていると思った頭目は、そのまま彼女を追って木々の間に踏み込んだ。旋回する斧が次々と枝を薙ぎ払いながらレニアに迫る。つかず離れず自分を追い回させていたレニアが爪先で土を蹴った。森の中の湿った土塊が頭目の顔を襲い、視覚を奪う。指のない左掌で顔の土を拭おうとしてできた隙をレニアがついた。身体を半身にして肩を突き出し頭目に体当たり。想像以上の衝撃で後ろに倒れかかる巨漢。防具もなく剥き出しのその背中を、自らが切り落とした枝の切先が刺し通す。戦斧を取り落とし、苦鳴とともに手足をこわばらせるがすぐに四肢から力が抜けた。細かい痙攣が続く。

体の前で開いた傷口から吹き出す血は、胸当てに邪魔されて内側を頭目の足元へと流れ落ち、血溜まりとなって広がってゆく。

「骨になるまでそこに突っ立っていろ」

手の甲で顔についた敵の血を拭き取りながらレニアは山道へと戻る。

その時、風を切る音とともに一本の矢が飛来した。

――しまった！

レニアは敵を倒して気を緩めたことを悔いた。さすがに間に合わないと悟り死を覚悟する。

そして矢が彼女の額に当たった。

こつんっ。

矢は突き刺さることなくそのまま落ちかけたが、レニアが掴み取って飛来した方角へ投げ返す。山道を挟んだところにある大木の上で、ぎゃっと声があがり、片目に矢を突き立てた賊の残党が落ちて来た。嫌な音を立てて地面にぶつかり、ぴくりとも動かない。

「ヴル、今のは？」

レニアは思わずペンダントの先を握ると、緑の石を自分の顔に向けた。ヴルトゥームは親指大の石の表面にアドニスのような姿を映し出した。

《この神器の力だ。とにかくこの場の始末をつけるが良い。その間、念話で説明してやろう》

レニアはヴルトゥームの言葉に従い、おそるおそる荷馬車の下から這い出て来た奴隷たちに指示を出す。アレイダスの亡骸を荷台に乗せること、山賊達の武具も一緒に積み込むこと。

助かった喜びからてきぱきと作業に励む奴隷たちを眺めながらレニアは彼の話に聞き入った。

《その神器に治癒の力があるのはお前がすでに体験したとおりだ。斬られた傷なら致命傷でない限り、半日もあれば治る。毒物も効果は三割程度に抑えられる。丸一日で完全に解毒される。ただ、同時に薬も効かなくなるから、使うときには神器を身体から遠ざけるのを忘れるな》

「わかった。だがさっきの矢の件はその力のせいではないな？」

《ああ。あれは「不速の鎧」という神威だ。神器を着けている間はずっと、お前の身体に沿って目に見えない鎧が生じている。その鎧は、人間の骨より硬いものが、蜂が飛ぶ速度より速く近づく時、動きを制するようになっている。さっきの矢も、お前の額に達した時は、赤子が歩む速さになっていた。だから油断したお前が命拾いできたのだ》

　レニアは「油断」という言葉に露骨に嫌な顔をした。

《簡単に言えば、飛んでくる矢も振り下ろされる剣もお前には効かぬということだ。さらに、下が硬い地面ならどんな高さから飛び降りても大丈夫だ。ただ、鞭のように柔らかい武器や素手での殴り合いでは効き目がない。首を締められても、炎に焼かれても死ぬので気をつけよ》

「戦士にとっては夢のような話だ」

《だからこその神器だ》

　そう答えるヴルトゥームの念はいささか得意げだ。

「だが、私はつまらん。命のやり取りの狭間に戦士としての悦びを感じるのがアマゾネスだ。お前との約束がなければすぐに海に捨ててやるのだが」

　ヴルトゥームからの返事はなかった。

――怒った？　いや拗ねたのか？　邪神のくせに子どもっぽい奴だ。

　レニアは顔を見られないようペンダントの秘石を握って微笑んだ。

　それからもレニアは傭兵の仕事を続けた。半年経つ頃には『旋風のレニア』と二つ名がついて、仕事を選んで受けられるようになった。蓄えができたのでアッティカに移ると決めた。アテナイの本拠地だから、豊かな都市と交易の要所があり、彼女以外のアマゾネスが立ち寄る可能性にかけることにしたのだ。

出発前夜、レニアは宿の寝台に仰向きに横たわっていた。窓から差し込む蒼白い月の光が鼻筋の通った美しい横顔を浮かび上がらせている。

「ヴル」

——返事がない。いつもはすぐ反応があるのだが、数秒待ってもヴルトゥームは沈黙していた。

「ヴル、起きてるか」

《——ああ。今、眠りかけていた》

「……そうか。だが前に話したことがあったな、目醒めると三年は起きっぱなしなのだろう」

《そうだ。そしていったん眠りにつけば今度はお前たちの暦で十年は起きぬ》

「この寝坊助め」

今は毛布の中にある神器から顔が見えないだろうと考えて、彼女は歯を見せて笑顔を作る。神器があるとはいえ、何度も一緒に死線を越えた相棒だ。宇宙を越えた所にいる、この異形の存在に対して馴染む気持ちが生じていた。

《時の刻み方が根本的に異なるのだ。千年活動を許された後は、次の千年を封印されておとなしく過ごす。それをお前たち人間が火の使い方を知る前から何度も繰り返してきた》

「これまで訊かなかったがお前の傍に同族はいないのか？」

《我らは旧き神々によって分断された。ここ、アアントールにいるのは余と奉仕種族のみだ》
「退屈な日々だな」
《だから……お前たち人間と接触するのだ。火を使いだしてからの人間のめざましい変化は面白い。念話という形で言語を使って意思を通じ合えるように……なってからは、なおさらだ》
「気の遠くなるほどの長い間、ひとりぼっちだったということか。いっそのこと、こちらに来ればよかったじゃないか」
《その星に渡ることは可能だが……そのためには余の力がひどく消耗する。すぐに眠りを迎えることになり……余に敵する旧き神の……餌食となるやも知れぬ。だから……そちらに封印されて眠るクトゥルーらが……覚醒するまではこの地に留まっているの……だ……》
　念話の間に挟まる間隔が増えてきている。眠る直前の人間のように。レニアはがばっと寝台から身を起こした。
「おい、ヴル、眠るのか？　次に起きるのはずっと先なんだろう？　せめてアテナイに行くまでは私といろよ！」
《大丈夫……だ。余も……アテナイへ……行ってみ》
　念話が切れたのをレニアは感じた。
「ヴル、起きろ、ヴル！」
　その後、いくら呼びかけてもヴルトゥームが応えることはなかった。

「ヴル……」

月の光を受けてうなだれたままレニアは呟いた。

紀元前四二四年

レニアは疾駆する馬上にあった。

アテナイ式の兜から零(こぼ)れ落ちる黒髪が風に靡(なび)き、短槍(たんそう)を背負い手綱(たづな)を握る姿は戦神アテナさながらである。ただ、キトゥンの上には金属の防具を着けず、革鎧のみ。彼女の後に続く騎兵たちが傭兵にしてはかなりの装備を支給されているのに比べると裸同然と言えた。とてもこれからデリウムの戦場に駆けつけるところとは思えない。

アテナイが覇者であるデロス同盟とスパルタが盟主のペロポネソス同盟との戦争は熾烈(しれつ)を極めていた。この前年、停戦の機会があったにもかかわらず、スパルタへの勝利で勢いづいていたデロス同盟軍は戦争を継続した。戦争は泥沼化する中、重装歩兵中心のアテナイ軍は、軽騎兵や軽装歩兵を傭兵に頼っていた。アッティカに名の轟いていた「旋風のレニア」が傭兵騎馬隊長として迎えられたのもそうした背景があったからである。

《……レニア。聞こえるか。余だ》

「ヴル！」

彼女は思わず大声を出して手綱を引いた。後続の騎兵も突然の停止に慌てて止まるが、レニアは副隊長のボナペティオスに、かまわず進軍するよう指示し、自分は並足で馬を進める。

隊がわきを駆け抜けるの見送ってからヴルトゥームと久々の話をはじめた。

「やっと帰って来たか、この寝坊助め。」

《目醒めて早々に悪態をつかれるとはな。こちらはただ一眠りしただけなのだが》

「その一眠りが長いのだ。九年だぞ九年。……まぁ、十年と聞いていたから、一年早いのは嬉しいが」

《嬉しいのか？》

レニアは顔が熱くなるのを感じ、内心うろたえた。

「ばっ……馬鹿を言うな。今のは……礼儀上の言い回しだ」

《そうか……。まぁよい。無事生きのびたようでなによりだ》

「あんたの神器のおかげだ。この九年間で、本当なら三度は死んでいたところだ。乗った馬が落とし穴に落ちて、仕掛けの槍で串刺しになった時も、私は傷ひとつ負わなかった。他の場合も、私の技量とは無関係なところで起きた失態だが、このペンダントが守ってくれたのさ。感謝している」

ヴルトゥームもレニアの素直な言葉に戸惑った。

《あ……ああ。それは良かった。……お前、気立てが柔らかくなったようだが》
「何を！……いや、まぁそうかも知れない。結局ずっと他のアマゾネスと出会えないままだった。あんたもいないし……一人きりで生きていると、それなりに人と結びつきが必要になった。少し人間が円くなったのかも知れないな」
　ヴルトゥームは何か気詰まりのようなものを感じて話題を変えた。
《大きな戦のようだが》
「……ああ。テーベ軍との戦でボイオティアの都市、デリウムへ行くところだ。斥候（せっこう）によると敵はかなりの騎兵を揃えているらしい。戦場では騎兵が味方の士気を高め、敵を混乱の淵に叩き落とす。アテナイはそこが手薄だからうちの隊にお呼びがかかったのさ」
《神器をデリウムに向けてみよ》
　言われるとおりにすると数秒の後にヴルトゥームが広域探査の神威の結果を言った。
《もう重装歩兵の縦列隊形（ファランクス）同士はぶつかり合っている。だがテーベ軍の隊形の方が厚いから、そのうちアテナイ軍は押し返されるだろう。その上、騎兵の増援が後方から近づきつつある。数はお前の部隊より多そうだ。余には既に結果が出ているように見えるが》
「だったら急がないとな。報酬分は成果を上げないと次が無い。行くぞ！」
　レニアは騎馬の腹を蹴って全速力で走らせる。軽装なので瞬く間に先行していた部隊に追いつき、そのまま先頭に立って檄（げき）をとばす。

「行け行けぇーっ！　『旋風のレニア』がついている以上、手柄は保証する！　お行儀よく並んで戦うことしか知らぬ正規兵どもに、我ら傭兵の底力を見せてやれぇーっ！」

　傭兵の誰しもが持つ正規兵への反感と引け目、自分の実績と評判、それらを同時に使って見事に煽り立てた。

——会わなかった間に人心を掴む術を磨いたな。無愛想で刺々しいだけの女ではなくなったか。

《なかなかの采配だ。お前の手並みを見せてもらおう》

「いい眠気覚ましになるぞ。アマゾネスがどんな戦士かしっかり思い出させてやる」

　十分もたたないうちに前方から兵戟（へいげき）の音が聞こえてきた。何万もの軍勢が戦いを繰り広げている、それが響いてくるのだ。

　レニアが馬上から指示を出す。

「ここから左に進め！　丘の外から回り込む！」

　二百人近い傭兵で組織された騎馬隊が彼女の命令一下、速やかに向きを変えるのは壮観だった。気の荒い者が多い傭兵隊にして正規兵以上の統率。指揮官としてのレニアの実力が窺（うかが）える。

　主戦場となっている丘の麓（ふもと）に回り込みながら、レニアの部隊はアテナイとテーベの縦列隊形同士が激突して密集している方へと突き進む。自軍の斜め後方から襲いくる騎馬隊にテーベの兵は驚いたが、前方のアテナイ兵から矛先を変えることはできなかった。

　レニア達は縦列隊形の最後尾の兵を餌食にした。もともと重装歩兵は背後の防備が弱い。

今もレニアの騎馬の蹄で首の骨を蹴折られ、背中を短槍で刺され、一人二人と命を失ってゆく。彼女の周囲には血飛沫が旋風に乗って渦巻く。その様子に力を得た配下の騎兵達も獅子奮迅の武闘を繰り広げた。

テーベ軍の従列隊形は崩壊した。みるみるアテナイの重装歩兵に蹂躙されてゆく。

混戦状態になってレニアは馬から飛び降りる。

《わざわざ降りて戦う必要があるのか？》

「ハッ！　馬上から敵を槍で突き刺して回るだけではつまらぬわ。同じ目の高さで戦ってこそアマゾネスの戦いなのさ」

そう言いながら短槍を持つ腕を伸ばし、彼女が舞うように前後左右にステップを踏むたび、兜の面頬の間を突かれた敵が次々と崩れおちた。

瞬く間に十人を越える骸を作った時、ボナペティオスが馬で駆け寄って来て叫んだ。

「隊長！　敵が、新たな敵が我が隊に反撃を始めました！」

「どうした、そいつらも蹂躙すれば良いではないか」

「怪しげな奴らで、不思議な術を使います！　味方が一瞬でやられました!!」

「何だと！」

レニアは甲高い指笛で自分の馬を呼び寄せ飛び乗るとボナペティオスが来た方角を見た。

まず戦場に人の背丈の高さで広がりつつある黄色い霧が目に入った。そこから人馬が立て続けに走り出たと思うとたちまち地に倒れ、二、三度身体を引き攣らせたあとは動かなくなる。

――毒の霧！

喉を掻きむしって死ぬ者はいないので、肌に触れただけで効果がある猛毒なのだろう。

だが驚いたことに、その霧の中からゆっくりと歩み出てくる複数の人影があった。

真っ赤な貫頭衣を身につけ、顔まで覆う頭巾をかぶっている。目がある位置には楕円形の金属でできた枠があり白雲母のような半透明の板が嵌まっていた。一つ目巨人を小さくしたかのような姿だ。剥き出しの腕は漆黒の肌で、何か香油を塗っているみたいにてらてらと光っている。その黒い腕が懐から卵のようなものを取り出すと、前方に投げた。緩やかな放物線を描いて地に落ちた卵が割れ、黄色い噴煙がぼんっと湧き上がると霧となって横に広がり始めた。敵の数は七人。だが霧の中からも卵が飛来するので、まだ他にもいるらしい。

黄色い霧はどんどん戦場を侵食し、敵味方関係なく命を奪い去ってゆく。

「南方の大陸から来た魔女どもだ。全軍撤退させろ」

「全軍撤退！　撤退しろ！」

そう怒鳴ったボナペティオスはレニアに向き直ると尋ねる。

「隊長はどうするんで？」

「私に構うな！　お前までやられたら、うちの部隊の面倒を誰が見るんだ！」

そう言う彼女の顔に笑みが浮かんでいるのを見たボナペティオスは安心した顔で馬首をめぐ

らせ駆け去る。レニアが笑っている時は大丈夫、これまでの経験からそう確信しているのだ。
「さて、ヴル、どうしたものか。あの毒は即効性だから神器の治癒力も間に合わない。いつものように私一人が切り込むわけにはいかないぞ」
人払いが済んだので戦場の喧騒に負けない大声で相談できる。だがその間も南方の魔女たちは毒の霧の範囲を拡げつつある。自身は異様な頭巾と体に塗った香油の働きで毒から守られているらしい。
《余の助けが必要か？　頼むならきいてやらんこともないぞ》
レニアは言葉に詰まった。帰還早々のヴルトゥームに世話になるのはいまいましい限り。だが部下や味方の兵の命には代えられない。
《どうした？　急がぬとお前の部隊ばかりかアテナイ軍が全滅するぞ》
「……頼む」
《ん？　声が小さくてよく聞こえないが》
――こいつ、楽しんでいるな。意地悪な奴め。
「旋風のレニアがお願いする！　あの者たちを屠り、戦場を浄化したまわらんことを！」
《願いは聞き届けた。神器を魔女たちに向けよ》
勿体ぶった言い方に、レニアは苦虫を噛み潰したような顔をする。だが神器の秘石は敵の方を向いているのでヴルトゥームには見えていない。

レニアが腕を伸ばして高く掲げた神器から一本の紅く細い光が迸った。それは横薙ぎに動いて魔女たちの胴を次々と切断する。その上半身が腰から滑り落ちる前に光線は上下左右に目まぐるしく動いた。細切れになった肉塊の山が地上にできる。

「凄い……」

思わず口をついて言葉が漏れた。レニアはしまった、という顔をしたがもう遅い。得意げな調子で念話が返ってくる。

《どうだ、凄いだろう？　だがこれだけではないぞ》

ヴルトゥームの念話が終わらぬうちに秘石が緑に輝く。すると霧が溜まっているあたりの空中に黒い球が出現した。いや、正確には球というより「穴」というべきか。球体としての厚みが感じられない。そして、穴めがけて霧が集まり始める。穴の周りに黄色い霧が渦巻いた。

「毒の霧を……吸い込んでいるのか。あの霧はどこへ？」

《余の神殿にどんどん流れ込んで来ている》

「そんな事をしてお前、大丈夫なのか？」

《ほう、余の心配をしてくれるのか。それは嬉しいぞ。余の崇拝者どもは一度たりとも余を心配などしなかった》

――どこの世界に自分の信奉する神をいたわる信者がいるか。

心の中で悪態をついたが、本心から安堵している自分にレニアは気づいていた。

霧が晴れた後には両軍の死屍累々とした戦場が広がっていた。魔女たちの姿はない。皆、ヴルトゥームの光線で焦げた肉塊になったのだろう。

「まいったな。この力があれば軍など要らぬではないか」

《神、と呼ばれているのは伊達ではないぞ。国一つ叩き潰すなど一日もかからぬ。どうだ、余と共に王国の一つでも作ってみぬか？》

「願い下げだ」

レニアが即答する。

「こんな力を人前で使ってみろ、国王になったところで良くて邪神、下手すればバケモノ呼ばわりだ。それに……」

《それに？》

「私の母国はアマゾネスただ一つ。他の国作りなど興味ないわ」

ヴルトゥームはその言葉の内にある、レニアの帰郷への想いを察する事ができた。

後方からボナペティオスの馬が駆け寄ってきたのでヴルトゥームとの話を中断する。

「こ、これは……」

絶句した後、しばらく言葉がない。事態を取り繕う説明をレニアは必死で考えたが、それは徒労に終わった。気を取り直した副隊長が、眼前の異様な情景よりも報告を優先したからだ。

「隊長、アテナイの軍が潰走している」

彼の言によると、全軍司令官のヒポクラテスが魔女の毒霧で戦死。さらに敵の増援の騎馬隊がレニア達とは反対側から丘を迂回して突撃をかけ、歩兵は総崩れになったという。

「アテナイの腰抜けどもめ！　せっかく厄介な敵を掃討してやったのに……仕方ない、我々も退却だ！　全員生きてアテナイまで戻るぞ」

レニアの騎馬隊は素早く転進し、アテナイをめざす。

《余の活躍も、無駄だったか》

「そんなことはない。うちの部隊は無敵だと評判になるだろう。仕事には困らなくなるさ」

《そうか。それなら良かった》

レニアは慰めを素直に受けとるこの邪神が子どもっぽくて、可愛げがあると感じた。

結局レニアの部隊はしんがりを務めながらアッティカまで引き返すことができたのだった。

デリウムの戦いでは敗軍となったものの、「旋風のレニア」が率いる傭兵隊はその後の戦いでも大きな働きを続けた。だが二年ほど活動を続けたのち、レニアは隊長の座をあっさりとボナペティオスに譲り、一匹狼の傭兵に戻った。ヴルトゥームがその理由を訊くと
「隊長なんてやってたら、あんたと話す時間が取れないじゃないか。次に眠るまであんまり日にちがないんだろう。それまでいっぱい話し相手になってやるさ」

そうレニアは答えたのだった。

目覚めてから二年と九ヶ月、ヴルトゥームは次の眠りに入ったのだった。

こうしてヴルトゥームは目覚めるたび、十数年を飛び越しレニアと出会い続けた。その都度レニアの環境は大きく変わっていった。

紀元前四一一年

レニアはアマゾネスの軍船の船長になっていた。四十一才で船長とは大抜擢だった。

ペロポネソス戦争終結後、傭兵として彼女が乗り込んだ船が実は海賊船で、それを逆に襲撃したのがアマゾネスの軍船だった。レニアも海賊に成り下がるつもりは毛頭なかったので、襲ってきたアマゾネス達とともに海賊と戦った。そして奇しくも故郷のアマゾネス島に戻ることができたのだった。だが落ち着く間もなく以前のように海賊襲撃任務に就くことになった。

アマゾネスの王国がある島は豊かな自然と肥沃な土地を持ち、一万近い人口を支えることができる。しかし、優秀な金属加工技術はあっても、国内に銀以外の鉱山がないため、鉄や銅は国外に頼っていた。ただ、戦闘部族であるため、交易を主とせず、エーゲ海を航行する船からの略奪でまかなっていた。他国との紛争に発展しないよう、襲撃するのは海賊船に限っていた。その戦いの中にレニアが海軍の将として頭角を現す機会がふんだんにあったのである。

その夜、船は風に乗ってアマゾネス島に向かっていた。甲板には歌声が満ちていた。アマゾネスに古くから伝わる豊漁の歌を、船員たちが声をそろえて歌っているからである。船員は全員女だから他の船に遭遇したら、相手はセイレーンが出たと思うことだろう。彼女たちが喜んでいる「豊漁」は、今日クレタ島沖で餌食にした二隻の海賊船のことだ。たくさんの商船を襲っていたらしく、ワイン、羊毛、オイル、銀貨、鉄器など、収穫をすべて積み込むと船が沈みそうになるほどだった。

帆走しているので漕ぎ手たちも甲板に上がってきて思い思いの場所で祝杯をあげながら歌を歌っていた。レニアも酒杯を片手に、部下が篝火の下で楽しむ様子をくつろいで眺めていた。

そこにヴルトゥームから念話があったのだった。

すぐに船長室に行く。そこではだれに邪魔されることなく存分に話ができるからだ。

「ようやくお目覚めか。もう少し遅ければ私が酔い潰れて眠ってしまっていたぞ」

《相変わらずのご挨拶だな。しかし、今日はお前もご機嫌のようだ》

「確かに今日はいい気分なんだ。海賊船を二隻も相手にしたのに、こちらは死人が出なかったのだからな」

その日の様子をレニアが語り、ついでヴルトゥームが不在だった間のことが続いた。

この十年の間のレニアの活躍が話の中心だった。話題にはレニアの子どものことが加わった。スパルタで「英雄」と呼ばれる男とかりそめの関係を持ち、その子を身籠（みご）ると密かに故郷に一人戻って産んだこと。生まれた赤子が男なら海に捨てるのがアマゾネスのしきたりだが、生まれた子が女だったので安心したこと。アマゾネスは子どもを親から離して「一族の子」として育てるので、娘を故郷においての航海だから、海にいる間は寂しく思っていること。酒のせいで饒舌にそれらを語るレニアの表情も声も、ヴルトゥームの知る人間の母親達と大差ないことは彼にとって意外だった。血生臭い戦いに生き甲斐を見出す女だとばかり思っていたからだ。

この夜の話をきっかけにして、彼のレニアに対する興味は「実際に会ってみたい」という方向に変化した。一旦そう思い始めると、彼の思考がそのことで埋め尽くされてしまう時間が増えていった。その思考を抱えたままの二年後、ヴルトゥームは次の眠りについた。

紀元前三九八年

レニアはアマゾネスの女王となっていた。

彼女の実力とヴルトゥームの神器が揃った結果の到達点である。

五十代半ばなのに、レニアは溌剌(はつらつ)とした美しさを失わず、威厳を備えた女王として、アマゾネスの民から敬愛されていた。

ヴルトゥームが目覚めたのは深夜。レニアが王としての執務のために使っている王宮内の広い部屋だった。

《今、起きたぞ》

その念話を聞いてレニアは思わず椅子から立ち上がった。

「ヴルか！……よく帰ってきたな。丁度あんたが早く起きてくれるよう祈ってたんだ」

そう切り出したレニアは、自分が女王という立場にあることを、そうなった経緯も含めて説明した。女王になって既に五年も経つのに未だ政務に頭を悩ましていることも。

「交渉ごと・財政・人事……どれも苦手なんだ」

《苦手な人間が五年も女王を続けられるとは思わぬが》

「補佐役が優秀なのさ。ただ、いつも決断する時に、馬鹿に思われているのではないかと気が気でなくてな。だいたいこういうじっとしている仕事は大昔から神様をやっているあんたの方が得意なはずだ。」

《神と王とを一緒にするな。……まあいい。余の叡智（えいち）でこれからは手伝ってやろう。それもそばに立ってな》

「え、どういうことだ？　この神器からではないのか」

レニアの問いに答えず、ヴルトゥームは地球への転移を始めた。突然来訪してレニアを驚かせるつもりだったのだ。

レニアの目の前の空中に、黒い球体のようなものが出現する。彼女には見覚えがあった。

――デリウムの戦いで毒の霧を吸い込んだ穴だ。

見る間に穴は広がり、直径がレニアの背丈を越すほどの大きさとなった。そして――
火星の神殿と繋がった穴から、ヴルトゥーム自身が滑るように進み出てきた。人型の妖精が、東方の「仏像」と呼ばれる神像のように蓮台に乗っている、という表現が最もしっくりくる。
《お前に会いにきたぞ》
《この前からずっとお前に直接会いたいと思っていてな、宇宙を渡る決心をしていたのだ》
レニアは驚きでしばらく声が出なかったが、ようやく絞り出した。
「あんた、旧き神に気づかれたら危険だからと……」
《早く会わねばお前は老婆になってしまうからな》
――また憎まれ口を。それでも、危険を顧(かえり)みずはるばるやって来てくれたとは。
レニアは、胸が、目頭が、熱くなるのを感じた。久々の再会の嬉しさに加えて、宇宙を超えるほどの想いを、相手が自分に抱いていてくれたことに。
――私は……この、人ならぬ存在に……惚れている……のか？
驚愕とも歓喜ともとれる表情を浮かべて立ちつくすレニアに近寄り、ヴルトゥームは淡緑色だが人間そっくりのしなやかな腕を伸ばす。そしてその指が彼女の頬に触れた瞬間。
「なっ！」
《!!》
双方の体に衝撃が走った。

ヴルトゥームの指先は消滅していた。だがそれは一瞬で再生する。

より大きな変化がレニアを襲っていた。

彼女の周りの空中に雨粒ほどの青白い光が無数に生じ、身体に向けて次々と吸着してゆく。

瞬く間にレニアの姿は鎧を身につけ盾と槍を持った戦神アテナのように変化した。兜の下の顔以外は青白い光に輝いて室内を眩しく照らしている。

「何だこれは？　おい、ヴル、いったい私はどうなったんだ！」

流石にレニアも声がうわずっている。

さらに、意外なことが起きた。

レニアがヴルトゥームの胴を、持っていた槍で突き刺したのだ。彼女と同じ「不速の鎧」を身にまとっているはずのヴルトゥームの身体に、刺し傷が開く。

「ぐふっ」

念話ではなく音としてヴルトゥームの口から苦鳴が漏れる。

「私じゃない、今あんたを刺してるのは私じゃない！　身体が勝手に動くんだ……くそっ……止められない！」

ヴルトゥームは大きく後方に滑って槍から逃れた。光るレニアがそれを追いつつ次々と刺突を繰り出す。相手がレニアなのでヴルトゥームは反撃できないでいる。

「ヴル、逃げて！」

動きと裏腹の叫びがレニアの口から発せられたその瞬間、空中に新たな穴を作り出して、ヴルトゥームは火星へと逃げ去った。

すぐに穴は消え去り、レニアは追跡できない。

と、空気に溶けるようにして、レニアをアテネ像たらしめていた武器も鎧も消え去った。

レニアはすぐさまペンダントを手にし、呼びかけた。

「ヴル、ヴル、大丈夫か」

《……なんとか、な》

すぐに返事があった安心で、レニアは床にへたり込む。

その後二人とも無言だったが、息を整えた後、レニアが事情をきくと、ヴルトゥームからは、次のような真相が告げられた。今の事態を分析した結果だが、ヴルトゥームは間違いないと考えているらしかった。

レニアが変身したのは戦神アテナではなく、旧き神ヌトセ・カームブルの姿。おそらくレニアはその旧き神の末裔(まつえい)であり、その身体を流れる血には、邪神が触れると自動的に擬似的ヌトセに変身し、相手を屠(ほふ)るようにさせる罠が埋め込まれているようだ、とヴルトゥームは語った。

「つまり……私とあんたは、絶対に直接会えないということなんだね……」

レニアは哀しみが声に混じるのをもはや隠そうともせずに言う。

《お前のせいではない。余が……油断し、お前に会いたいなどと思ったのが誤りであった》

「あんたは間違っちゃいないよ。気に入った相手に会いたいのは当たり前だ。私だって……あんたが来てくれて嬉しかったのに。絶対間違いなんかじゃない」
《レニア……眠くなってきた。二度の転移と、ヌトセに受けた傷の再生に力を使いすぎた》
「死んじゃうのかい」
《余は……死なぬ。ただ、回復のために眠らねば……なら……ぬ》
念話が切れた。彼が眠りに落ちたとわかっているのに、レニアは呼びかけ続けた。自分の血に流れる宿命を呪いながら。広い執務室に彼女の声だけがいつまでも響いていた。

紀元前三八六年

次に目覚めた時、ヴルトゥームに見えたのは真紅の薔薇だった。人の手で植えられたのは、数十本が整然と並んでいるのでわかった。さらにその向こうには白い百合が同様に並んでいる。
《レニア……レニア……》
ゆっくりと視界が変わり周囲の様子が見えた。王の執務室ではない。かなり広いが、中庭のようだった。
「ああ、ヴル、帰って来たんだな」

《すぐに答えないのはお前も眠っていたのか。今は朝なのか》

「もうすぐ真昼だろう。隠居してからは歳のせいか、昼近くまで寝る癖がついてしまった」

——老いの兆しだな。

そう思ったが念話しなかった。

「老いぼれたと思ってるんだろう？　否定はしないさ。私ももう六十六だ。この歳まで生きるとアマゾネスでは長老扱いだ」

そう言いつつレニアがペンダントを自分に向けて顔を見えるようにした。

黒かった髪は白髪になり、顔には皺が深く刻まれている。そのせいで前回女王として出会った時より威厳は増したように見えるが、以前ほどは活力が満ちていないことが明らかだった。

《今は何をしている？》

「王の相談役さ。これでも元女王だからね。毎日正午には相談事がなくてもこの屋敷にやってくる。もうそろそろ来る頃だ」

その言葉が終わらないうちに背後から声がかかった。

「母上、またここにいらしたのですね」

振り返るとそこにもレニアの顔があった。笑みを浮かべてこちらへゆっくりと歩んで来る。護衛らしき女戦士が二人、付き従っていた。そこで彼は思い当たった。レニアが二人いるのではない。こちらはどう見ても三十代だ。

――レニアの娘だ。顎が母より張っているが、騎兵隊長をしていた頃の彼女とそっくりだ。

ヴルトゥームは沈黙してしばらく様子を見ることにした。

「母上はこの中庭が本当にお好きなこと。でも、今日も私の相談に乗っていただけますか？実は新たな軍船を建造することについて、陸戦兵団から不満が上がって来て――」

母とは逆に口数が多い性質らしい。すぐに本題を話し出す。

「わかった、わかったよ。でも、この庭は心の平安の場所なんだ。部屋で話を聞くから先に中に入っておいで」

そう言われた若き女王は叱られた子どものような顔をすると、すぐ来て下さいね、と念を押して建物に入って行った。

《娘が今のアマゾネスの女王なのか？》

「そうだよ。レアラって名だ。私の一人娘さ。アマゾネスは集団で子どもを育てるが、血縁ははっきりさせるんだ」

《若い女王だな》

「普通はあんなものさ。女王候補に指名されたら、剣・弓・体術・馬術と知恵を競い合う。勝ち抜いた者が王位につくのさ。だから戦士として成熟した年齢の者が代々女王になってきた」

《しかしお前がなったのはとても若いとは言えぬ歳だったではないか》

「ああ。でも勝ち抜いたからなれた。みんな陰で『化け物だ』と言っていたそうだがな」

――やはり只者ではなかったな。

ヴルトゥームは素直に感心していた。

「ヴル、あんたに見せたいものがあるんだ」

そう言ってレニアは庭の奥へ進んだ。

薔薇や百合が植わっている先にあったのは、神の姿を象った大理石の彫刻。

「皆にはアポロンだと言ってある」

だがそれは明らかにヴルトゥームの姿を彫り上げたものだ。

「この前来てくれた時のあんたの姿を思い出して、彫らせたんだ。毎日会えるように」

ヴルトゥームは言葉につまった。

「返事はしなくていいよ。私もこんな歳になって、あんたの起きるのを待つ間、話しかける相手が欲しかっただけだから」

ヴルトゥームは今更ながら理解した。彼の時間は連続している。彼にとっては人間が夜に眠り次の朝目を覚ますのと同じ感覚だった。眠っている十年という時間は、無限とも言える寿命を数える彼にとっては一瞬だ。しかし、待つ側の彼女には長すぎる時間。定命の者にとっては次に会えるかどうかもわからない気が遠くなるような長さであることを。

彼が無言であるのも気にせず彼女はペンダントを自分の顔に向けた。

「でももう大丈夫だ。あんたが帰ってきたんだから。今日からの話し相手はあんただよ」

そう言って穏やかな笑顔を浮かべる。そこにはかつて「女豹」に喩えた猛々しさはなかった。その日からの三年、日々は穏やかに過ぎていった。長老として相談役に落ち着いた彼女は戦いに身を投じることはもちろん、島すらも離れなかった。体調のいい時は王宮周辺を散策することはあるが、ほとんどは自室と中庭が行動範囲だ。老いによる結果だが彼女に言わせれば「あんたの神器が無ければとっくに老いぼれてくたばってたさ」とのことだった。

レニアは一人のことが多いので、一日中いつでもヴルトゥームと会話ができた。もし途中で人が訪れたとしても、高齢ゆえの独り言と思ってくれるので気づかれる心配もなかった。

彼女は彼と出会ってからの人生を語り続け、彼も楽しげに念話で相槌を打ちながら聴き続けた。彼が眠っている間の出来事やその折々の思いが主な話題だ。

ヴルトゥームは話を聞きながら、人一人の人生がどんなに起伏に溢(あふ)れ、驚きと感動に満ちたものであるかを知った。今まで「恐怖」を搾り取るために幾万もの人間を殺してきたが、その一人一人にもレニアと同じような人生があったのか。「恐怖」以外の「思い」はどこに行ったのか。その考えを素直にレニアに話すと彼女は相変わらずの穏やかな笑顔で答えた。

「今更そんな事を考えるなんて、気の弱い男だね。邪神の呼び名が泣くよ。私もこれまで沢山の敵を殺してきた。もちろん相手が自分と同じ人間だってことはわかっていたよ。でも自分が生きるのに必要だからそれは仕方がないことなんだ。あんたも同じさ。私たちが食卓に登る豚の一生なんて気にしないのと同様、あんたも今まで通りでいいんだよ」

――余は人間に諭されて安心しているのか？

ヴルトゥームは《ああ》と念話で答えるにとどめた。

そんな会話をして半月ほど後、ヴルトゥームを睡魔が襲ったのである。

《レニア。レニア……余は眠くなってきた》

レニアは一瞬表情をこわばらせたが、すぐに微笑みを浮かべてペンダントを顔に向けた。

「そうかい。いよいよお別れだね。次にあんたが起きるまで私の寿命はもちゃしないからね」

「邪神」と呼ばれる、太古に星の海を渡って火星に訪れた強大な力と能力を持つ存在ではあるが、人間の考えるような「全知全能の神」ではない。死者をアンデッドにできても生前と同様に復活させることなどできないし、時間を逆行させられもしない。次の十年後の覚醒時には彼女はいなくなっている。

そう考えた彼は、初めて「喪失」という「恐怖」を理解した。必死に眠るまいとする。

《余は……眠らぬ……まだまだ起きて……お前の話を……お前の声を……聞いていたいのだ》

火星で彼は自分の触手を自ら引きちぎり始めた。痛覚はあるので一瞬覚醒するがすぐさま睡魔が襲って来る。何本も何本もちぎり続けるが効果は続かない。

突然、視界が暗くなった。レニアがペンダントの秘石を覆ったらしい。笑顔を続けるのが難しくなって、それを彼に見られたくなかったのだろう。

むなしく意識が薄れていく中で、最後に彼が聞いたのは、

「ごめんよ、あんたをひとりぼっちにしちまうね」

とペンダントを握りしめて言うレニアの声だった。

クトゥルー深淵に魅せられし者

2021年 5月 13日　初 版 発 行

著　者　新熊　昇 他
発行者　青木治道

発　売　株式会社 青 心 社
〒550-0005 大阪市西区西本町 1-13-38
新興産ビル720
電話　06-6543-2718
FAX　06-6543-2719
振替 00930-7-21375
http://www.seishinsha-online.co.jp/

落丁、乱丁本はご面倒ですが小社までご送付ください。送料負担にてお取替えいたします。

印刷・製本　モリモト印刷株式会社
ISBN978-4-87892-432-3 C0193

クトゥルーは
AIの夢を見るか？
和田賢一他
青心社

クトゥルー
闇を狩るもの
新熊 昇他
青心社

暗黒神話大系シリーズ

暗黒神話大系シリーズ　クトゥルー 1～13

H·P·ラヴクラフト 他
大瀧啓裕 編

1～9巻：本体740円＋税
10～12巻：本体640円＋税
13巻：本体680円＋税

幻想文学の巨星ラヴクラフトによって創始された恐怖と戦慄のクトゥルー神話。その後ダーレス、ブロック、ハワードなど多くの作家によって書き継がれてきた暗黒の神話大系である。

映画・アニメ・ゲーム・コミックと、あらゆるメディアでそのファンをふやし続けている。

旧支配者とその眷属、人類、旧神。遥かな太古より繰り返されてきた恐怖の数々を描く、幻想文学の金字塔。